우리 가슴에
꽃핀

세계의
명시

2

우리 가슴에
꽃핀

세계의
명시

2

정끝별 해설 | 정원교 그림

Маяко́вский

JOHN DONNE

ARTHUR
RIMBAUD

Серге́й Есе́нин

WILLIAM
SHAKESPEARE

ROBERT LEE
FROST

HEINRICH
HEINE

SYLVIA PLATH

石川啄木

EMILY
DICKINSON

PAUL ÉLUARD

EZRA POUND

BERTOLT BRECHT

李賀

مولانا جلال الدين محمد رومي

GOETHE

LONGFELLOW

松尾芭蕉

WILLIAM BLAKE

GUILLAUME
APOLLINAIRE

DYLAN THOMAS

JACQUES PRÉVERT

JOHN KEATS

陶淵明

STEPHANE
MALLARMÉ

PABLO NERUDA

민음사

차례

서문   10

1권 차례

서문   10

일러두기

1   이 책에 수록된 시는 인터넷 포털 사이트 네이버에서 가장 많이 검색
    된 외국 시인 52명의 작품이다.

2   작품 선정 기준은 가장 널리 알려진 대표작을 위주로 하였으며 원문
    은 원칙적으로 인류의 고전들을 전자 정보로 전환하여 보존하고 공
    유하는 공익 사이트인 프로젝트 구텐베르크(www.gutenberg.org)
    에 기초했으나 널리 통용되는 것을 따르기도 했다.

3   맞춤법과 띄어쓰기는 현행 맞춤법 규정을 따랐다. 단, 시인과 번역자
    의 의도가 훼손될 경우를 고려하여 고어, 사투리, 뉘앙스가 있는 것
    들은 그대로 두었다.

서문

시는 번역되지 않는 '그 여백'에 있다고 말한 사람이 있는가 하면, 시는 번역되고 남는 '그 의미'에 있다고 말한 사람도 있다. 여기에 실린 시들은 모국어로서의 제 언어를 넘어서서 모든 사람들이 공감할 수 있는 그 의미의 영역이 있다는 걸 믿게 해 준 시편들이다. 그 의미는 지금의 우리 시와 다르기에 새로웠으며 또 같기에 웅숭깊었다. 그럼에도 불구하고, 번역되지 않는 아니 결코 번역될 수 없는 그 여백이 있음을 믿고 또 믿는다. 그 여백을 채워 읽는 건 오롯이 독자들의 몫일 것이다.

네티즌들이 가장 많이 검색한 외국 시인들을 선정해 번역 및 게재가 가능한 시 한 편씩을 골라 문태준 시인과 매주 번갈아 네이버 캐스트에 소개했다. 일명 '네티즌들이 사랑한 세계의 명시'라 부를 만하다. 그렇게 딱 1년을 연재했고 그렇게 모인 시들이 52편이 되었다. 역자를 밝히지 않은 번역 시들은 기준의 번역 시에 해설자들이 손을 댄 경우다. 기존 번역 시들을 참조해 조율한 정도일 것이다.

13세기 초의 페르시아 시인 루미에서부터 20세기 말의 스페인 시인 네루다에 이르는 이 52편의 시들은 명실상부하게 세상에서 가장 아름다운 시들이고, 세계인의 가슴에 꽃처럼 피어나고 또 새처럼 노래된 시들이다. 루미, 이하, 마야콥스키, 다쿠보쿠, 예세닌, 존 던…… 먼 이름들이다. 그 먼 것들을 더 멀리 실감하고 싶었기에 태반은 읽지도 못하는 그 먼 나라들의 언어 그대로를 함께 실었다. 헛둘헛둘 줄지어 이동하는 개미 떼 같기도 하고, 흩어진 채 구불거리는 라면 부스러기 같기도 한 그런 원문 시들은 뭐랄까 탱고처럼, 아라비안나이트처럼 멀리 있어 더욱 매혹적인 것들이었다. 저것들의 소리와 가락은 어떠할까? 번역되지 않는 그 여백은 어떠할까? 그 매혹을 좇느라 나 또한 멀리 여행해야 했다. 먼 나라 이웃 나라를, 타임머신을 타고 일주(一周)한 기분이다. 그 신비한 행간들을 독자 여러분과 나눌 수 있기를 꿈꾸며…….

2012년 여름 끝
정끝별

미완성의 시

블라디미르 블라디미로비치 마야콥스키

1

그녀는 나를 사랑하는가, 아닌가?
길가에 핀 노란 양국을 꺾어
꽃잎을 떼며 점을 친 다음
5월의 바람에 날려 보내듯
나는 손가락을 잡아떼며 점을 친 다음
부러진 손가락들을 사방에 뿌린다
머리를 빗거나 면도를 할 때 새치가 보여도
은빛 세월이 무더기로 울려 퍼져도
분별이란 이름의 창피스러운 상태가
내겐 영원히 오지 않을 것임을 믿고 또 바란다

Неоконченное

ВЛАДИ́МИР ВЛАДИ́МИРОВИУ МАЯКО́ВСКИЙ

I

Любит? не любит? Я руки ломаю

и пальцы разбрасываю разломавши

так рвут загадав и пускают по маю

венчики встречных ромашек

Пускай седины обнаруживает стрижка и бритье

Пусть серебро годов вызванивает уймою

надеюсь верую вовеки не придет

ко мне позорное благоразумие

2

벌써 두 시요
　　　　자리에 들었겠구려
어쩌면
　　당신도 나처럼 깨어 있을지도
서둘러
　　지급전보를 치진 않겠소
당신을
　　깨우거나 괴롭힐 필요가
　　　　　　　어디 있겠소

3

바다는 되돌아간다
바다는 잠자러 떠나간다
사람들이 말하듯 사건은 종결되었다

II

Уже второй

       должно быть ты легла

А может быть

       и у тебя такое

Я не спешу

      и молниями телеграмм

мне незачем

      тебя

        будить и беспокоить

III

море уходит вспять

море уходит спать

Как говорят инцидент исперчен

사랑의 조각배는 일상에 부딪혀 박살이 났다
당신과 나는 피장파장
서로에게 준 상처와 슬픔과 모욕을
되뇐들 무슨 소용

4

벌써 두 시요 자리에 들었겠구려
밤이면 은하수는 꼭 은빛 오까 강(江) 같소
서둘러 지급전보를 치진 않겠소
당신을 깨우거나 괴롭힐 필요가 어디 있겠소
사람들이 말하듯 사건은 종결되었소
사랑의 조각배는 일상에 부딪혀 박살이 났소
당신과 나는 피장파장 서로에게 준
상처와 슬픔과 모욕을 되뇐들 무슨 소용
세상에 펼쳐진 정적을 보구려
밤은 별들의 공물로 하늘을 덮었소

любовная лодка разбилась о быт

С тобой мы в расчете

И не к чему перечень

взаимных болей бед и обид

IV

Уже второй должно быть ты легла

В ночи Млечпуть серебряной Окою

Я не спешу и молниями телеграмм

Мне незачем тебя будить и беспокоить

как говорят инцидент исперчен

любовная лодка разбилась о быт

С тобой мы в расчете и не к чему перечень

взаимных болей бед и обид

Ты посмотри какая в мире тишь

Ночь обложила небо звездной данью

이런 시간이면 사람들은 자리에서 일어나
시대와 역사와 우주에게 말을 한다오

5

나는 말의 위력과 말의 예언력을 안다
극장의 특등석을 갈채로 뒤흔드는 그런 말이 아니라
시체를 담은 관까지도 흔들흔들 일어나
참나무 다리로 걸어가게 만드는 그런 말
간혹 인쇄도 안 해 주고 출판도 안 해 주지만
말은 허리띠를 졸라매고 미친 듯이 달려간다
수 세기 동안 울려 퍼진다 그리하여 시(詩)의
굳은살 박힌 손을 핥으려고 기차가 기어 온다
나는 말의 위력을 안다 무희의 뒤축에 밟힌
꽃잎처럼 하찮게 보일지라도
인간은 영혼과 입술과 뼈로 살아 있다.

в такие вот часы встаешь и говоришь

векам истории и мирозданью

V

Я знаю силу слов я знаю слов набат

Они не те которым рукоплещут ложи

От слов таких срываются гроба

шагать четверкою своих дубовых ножек

Бывает выбросят не напечатав не издав

Но слово мчится подтянув подпруги

звенит века и подползают поезда

лизать поэзии мозолистые руки

Я знаю силу слов Глядится пустяком

Опавшим лепестком под каблуками танца

Но человек душой губами костяком.

1930년 4월 14일 오전 열 시였다. 모스크바의 한 사무실에서 총성이 울렸다. 단 한 발의 총알이 든 권총의 방아쇠를 자신의 심장을 향해 당겼다. 왼손이었다. 러시아 미래파 시인이자 혁명의 시인, 사랑의 시인이자 죽음의 시인, 블라디미르 마야콥스키였다. 서른여섯이었다. 그의 죽음 옆에는 "릴리, 나를 사랑해 주오!"라며 한 여인의 사랑을 갈구한 짧은 유서가 남아 있었다. 미래와 혁명과 사랑을 상실했기에 "장님이 되어 가는 사람의 마지막 눈동자처럼 고독"(「나 자신에 관하여」)해진 그는 더 이상의 삶을 이어 나갈 수 없었다. 그리고 그는 세기의 '사건'이 되었다.

　마야콥스키는 일찍이 노래하곤 했다. "이 세상에서/ 죽는다는 건 어렵지 않네/ 그보다 더 힘든 것은/ 사는 일"(「세르게이 예세닌에게」)이라고. "무서운 일이다— 사랑할 수 없다는 것은,/ 두려운 일이다— 감히 그럴 수 없다는 것은./ 총알 한 발,/ 칼 한 자루면 되는데."(「이것에 관하여」)라고. '탄환을 동경하던 뜨거운 심장'을 지녔던 그의 마지막 얼굴은, 인생을 끝마친 표정이 아닌 인생을 시작하는 표정이었다고 전해진다. 미래와 혁명과 사랑을 선택한 시인의 얼굴이었으리라.

　스무 살 청춘의 내게 "대중의 취향에 따귀를 때려라."라고 외쳤던 마야콥스키라는 이름은 불온의 정수였다. 혁명의 격랑에 휩싸였던 1920년대 전후의 러시아가 불온이었고, 그 소용돌이를 통과해 낸 마야콥스키의 궁핍한 생활과 질풍의 스무 살 청춘과 불굴의 사랑이 불온이었다. 집을 향해 가듯 그는 불온을 향해 나아갔다. 그리고 불꽃같은 불온의 시들을 쏟아 냈다. 거리에서 불온한 그를 읽던 1980년대와 내 스무 살 청춘 또한 불온이었다. 마야콥스키는 행복할 때면 머리를 빡빡 밀곤 했다는데, 그를 읽던 시절 나도 불행할 때면 머리를 빡빡 밀고만 싶었다. 그의 애인이었던 릴리는 마야콥스키를 이렇게 얘기했다. "과장이 없었더라면 그는 시인이 될 수 없었을 거예요. 마야콥스키의 인생은 전체가 과장이었어요."

유서의 일부분이 되었던 「미완성의 시」는 자살 직전까지 쓰고 있었던 장시 「목청을 다하여」의 일부분이다. 이 시의 운명처럼 그는 자신이 꿈꾸었던 사랑과 혁명과 시를 완성하기 위해 미완성으로 시대의 운명을 넘어 버렸다. 마야콥스키의 삶과 문학을 절대적으로 후원했던 브릭, 브릭의 아내 릴리, 지칠 줄 모르고 릴리를 갈망했던 마야콥스키, 그들의 기이한 사랑과 동거가 미완성이었듯이. 그들을 이어 준 것은 시였다. "어이— 자네!/ 천국!/ 모자를 벗게!/ 내가 가네!/ (……) 아무 소리도 들리지 않는다.// 우주가 잠들어 있다./ 거대한 귀를 그 손 위에 올려놓고/ 부스러기 별들과 함께"(「바지를 입은 구름」)라고 마야콥스키가 낭송을 했을 때 브릭은 빛나는 혁명시로, 릴리는 뜨거운 사랑시로 듣고는 서로에게 열광했다. 마야콥스키의 첫 시집 『바지를 입은 구름』은 그의 스폰서였던 그들 부부에게, 특히 릴리에게 바쳐진 헌정 시집이었다.

"나는 누구인가!/ 나는 계급도./ 국가도./ 종족도 없는 사람./

나는 30세기와/ 40세기를 보았네./ 나는 미래에서 온/ 그냥 사람이라네."(희곡「우스운 신비극」)"라고 공언했던 그가 꿈꾸었던 미래주의 시와, 20세기 역사 속에서나 기억될 혁명의 운명이 그러했듯이. 그에게 '미래주의'는 '과거 잔재를 청산하는 무기'였다. 러시아 전통과 귀족 부르주아와 소시민성으로 상징되는 기존의 구체제에 대한 저항이었을 뿐만 아니라 새로운 세상을 위한 예술 형식이었다.

사랑이 없는 혁명이란 얼마나 공소할 것인가. 혁명을 꿈꾸지 않는 시란 또 얼마나 얼마나 지리멸렬할 것인가. 혁명과 사랑과 시의 트라이앵글은 마야콥스키의 삶의 조건이었다. 중력과도 같은! 그 중력을 잃는 순간 그의 배는 일상과 충돌하여 부서지고 만다. 세상이 그에게 준 혹은 그가 세상에게 준 상처와 슬픔과 모욕이 종결되고. 트라이앵글의 중력도 종결되고 만다. '사건'이 종결되듯, '미완성'이 완성되듯!

이렇듯 끝에 대한 예감과 예언이 담긴 「미완성의 시」의 어조와 행갈이는 반복되면서도 자유스럽다. 단호하면서도 변덕스럽다. 체념적이면서도 절박하다. 러시아 시를 아는 사람들은 이렇게 조언한다. 거리의 언어로 단어 자체의 가락을 타면서 쓴 그의 시는 소리 내어 읽어야 한다고, 그리고 이 새롭고 현란하고 유려한 흐름과 변주를 즐기라고.

"나의 시는 그대들에게 가리라,/ 모든 시대의 절정을 뛰어넘어./ 그리고 시인과 정부(政府)를 앞질러/ 나의 시는 도달하리라."(「목청을 다하여」)

　죽은 사람까지 깨어나게 해서 '참'나무 다리로 걸어가게 만드는, 혁명 같은 위력과 기적 같은 예언력으로 시대와 역사와 우주에게 건넸던, 그의 뜨거운 시의 말들을 읽는 밤이다. 밤이 별들의 공물로 하늘을 덮듯, 시가 굳은살 박힌 손가락들의 공물로 수 세기를 덮고 있는 밤이다. 사랑이 영혼과 입술과 뼈의 공물로 이 세상을 덮을 것을 믿는 밤이다. 마치 마야콥스키처럼!

이별의 말
—슬퍼하지 말기를

존 던

덕스러운 사람들이 온화하게 죽어 가며,
　　자신의 영혼에게 가자고, 속삭이고,
그러는 동안 슬퍼하는 친구 몇몇이
　　이제 운명하나 보다, 혹은 아니라고 말할 때처럼,

그처럼 우리도 자연스럽게, 소란스럽지 않게,
　　눈물의 홍수도, 한숨의 폭풍도 보이지 맙시다.
속인(俗人)들에게 우리의 사랑을 말하는 건
　　우리의 기쁨을 모독하는 것일 테니.

지구(地球)의 동요는 재해와 공포를 초래하니,
　　사람들은 그 피해가 어떤 것인지를 압니다.
그러나 천구(天球)들의 진동은,
　　훨씬 클지라도, 해를 끼치지 않습니다.

A Valediction: Forbidding Mourning

John Donne

As virtuous men pass mildly away,
    And whisper to their souls, to go,
Whilst some of their sad friends do say,
    The breath goes now, and some say, no:

So let us melt, and make no noise,
    No tear-floods, nor sigh-tempests move,
'Twere profanation of our joys
    To tell the laity our love.

Moving of th' earth brings harms and fears,
    Men reckon what it did, and meant.
But trepidation of the spheres,
    Though greater far, is innocent.

따분한 지상의 연인들이 나누는 사랑은
　(그 정수가 감각이기에) 서로의 부재를
용납할 수 없나니, 부재는 사랑을 이루는
　감각들을 지우기 때문입니다.

그러나 우리는, 지순한 사랑으로,
　부재가 무언지도 모를 정도로,
서로의 마음을 확실히 믿고 있기에,
　눈, 입술, 손이 없어도 걱정하지 않습니다.

우리의 두 영혼은, 하나이기에,
　내가 떠난다 하더라도, 그건 다만
끊기는 게 아니라, 늘어나는 것일 뿐입니다.
　공기 속 두드려 펴진 금박(金箔)처럼.

Dull sublunary lovers' love

    (Whose soul is sense) cannot admit

Absence, because it doth remove

    Those things which elemented it.

But we by a love, so much refin'd,

    That ourselves know not what it is,

Inter-assured of the mind,

    Care less, eyes, lips, and hands to miss.

Our two souls therefore, which are one,

    Though I must go, endure not yet

A breach, but an expansion,

    Like gold to airy thinness beat.

우리 영혼이 둘이라고 한다면, 우리 영혼은
　　견고한 한 쌍의 컴퍼스의 다리처럼 둘입니다.
당신의 영혼은 고정된 다리, 움직일
　　기척도 없는, 허나 다른 다리가 움직이면, 따라 움직입니다.

당신의 다리는 중심에 서 있다가도,
　　다른 다리가 멀리 떠나가게 되면,
몸을 기울여, 그쪽으로 귀 기울이고,
　　다른 다리가 돌아오면, 바로 곧게 섭니다.

당신은 내게 그런 존재입니다. 나는,
　　다른 다리처럼, 비스듬히 달려가야 하지만,
당신의 굳건함이 내 원을 바로 그리게 하고,
　　내가 출발했던 곳으로, 되돌아오게 합니다.

If they be two, they are two so

　　As stiff twin compasses are two,

Thy soul the fixed foot, makes no show

　　To move, but doth, if th' other do.

And though it in the center sit,

　　Yet when the other far doth roam,

It leans, and hearkens after it,

　　And grows erect, as that comes home.

Such wilt thou be to me, who must,

　　Like th' other foot, obliquely run;

Thy firmness makes my circle just,

　　And makes me end where I begun.

"누구든 그 자체로 온전한 섬은 아니다. 모든 인간은 대륙의 한 조각이며, 대양의 일부다. 하나의 흙덩이가 바닷물에 씻겨 사라지면, 유럽은 그만큼 작아진다. (……) 그렇게 누군가의 죽음은 나를 작게 만드는 것이거늘, 내가 인류 안에 속해 있기 때문이다. 그러니 누구를 위하여 종을 울리는지 알려고 하지 마라. 종은 그대를 위해 울리는 것이다." 17세기 영국 형이상학파의 대표 시인 존 던의 글이다. 던이 열병을 앓으면서 썼던 『병의 단계마다 드리는 기도』라는 산문집에 실린 17장의 묵상(각 장이 묵상·충언·기도의 형식으로 구성) 중 일부다. 「누구를 위하여 종은 울리나」라는 제목의 시로 알려져 있으나, 실은 산문의 일부분이며 제목 또한 헤밍웨이가 자신의 소설 제목으로 끌어다 쓰면서 편의상 붙여진 것이다. 헤밍웨이 소설이 게리 쿠퍼와 잉그리드 버그만이 주연한 동명의 영화로 만들어져 더욱 유명해졌다.

17세기 영국에서는 누군가의 장례를 알리기 위해 조종(弔鐘)을 울렸다 한다. 죽은 자에게는 그의 영혼이 빠져나갔음을 알리고, 살아 있는 자들에게는 죽은 자에게 애도를 전하는 표현이었을 것이다. 그러나 우리 또한 죽을 것이고, 지금 이 순간에도 죽음을 향해 가고 있음을 알리는 각성의 표현이기도 했을 것이다. '죽음을 기억하라(Memento mori)'는 외침처럼! 인간은 섬이 아니기에 결코 혼자서 존재할 수 없다. 죽음이 삶 속에서 자라듯 나는 너와, 웃음은 울음과, 마음은 몸과, 여기는 저기와 이어져 있다. 나-지금-여기-이것에만 연연해 하지 않아야 하는 까닭이자 우리가 우리라는 이름으로 서로 사랑하고 연대해야 하는 까닭이다.

「이별의 말—슬퍼하지 말기를」은 던이 쓴 연애시편들 중 으뜸으로 알려진 작품이다. 이 시를 보다 살갑게 읽기 위해서는 던의 사랑과 결혼을 얘기하지 않을 수 없다. 앤 모어를 만나기 전까지 던은 바람둥이에 모험가에 야심가에, 학문적 열정과 정치적 경력까지 풍부한 전도양양한 청년이었다. 정치가의 비서였던 던은 그 실세의 조카인 모어에게 매혹되어 10대였던 그녀와 비밀리에 결혼하기에 이른다. 그러나 결혼이 발각되어 모든 직위를 잃고 잠시 감옥에 갇히기도 했다. 이때 던은 모어에게 이런 편지를 썼다. "John Donne, Anne Donne, Un-done!(존 던, 앤 던, 안 끝났어요!)" 생활이 어렵기는 했지만 모어와의 결혼은 행복했다. 어린 모어는 16년 동안 열두 명의 아이를 낳았으며 열두 번째 아이를 출산한 지 5일 만에 사망했다. 이 시는 결혼한 지 10년쯤 지나 던이 유럽 여행을 떠나게 되었을 때 그 잠시의 이별을 슬퍼하는 모어에게 준, 제목 그대로 '이별의 말'이다.

형이상학파의 대표 시인답게, 던은 기발한 논리와 유추를 특징으로 하는 이른바 '형상학적 기상(氣相, metaphysical conceit)'을 절묘하게 구사했다. 이 시에서도 사랑하는 연인들은, 하나의 머리에 두 다리를 가진 컴퍼스에 비유되고 있다. 한 다리가 멀어지면 멀어진 다리 쪽으로 기울다 제자리로 돌아와 다시 한 몸이 되는 컴퍼스! 중심으로 고정된 한 다리는, 멀리 움직이는 다른 다리와의 조화에 의해 완전한 원을 그릴 수 있는 법. 이 '움직이는 고정'이라는 역설이 던에게는 완전한 사랑의 표상이다. 그러므로 사랑하는 사람과의 이별이란 컴퍼스의 두 다리가 기울고 벌어지는 것에 불과하다. 또한 사랑을 순금에 비유하면서, 이별이란 끊어지지 않은 채 금박처럼 얇게 펴지는 것과 같다고 한다. 순금은 변하지 않는 것은 물론이고 공기처럼 얇게 늘어난다. 사랑의 금가루가 공기처럼 퍼져 있는 듯한 이 금박의 이미지는 참으로 아름답다. 그러니까 내가 숨을 쉴 때면 당신 사랑의 금가루를 내가 들이마시고 있다는 것 아닌가!

던은 지상(지구)의 사랑보다는 천상(천구)의 사랑을, 감각(육체)적 사랑보다는 영혼(믿음)의 사랑을 지향한다. 사실은, 그 지향성으로 인해 대립적인 사랑의 두 요소는 서로 길항하며 통합된다. 시작과 끝이 같아야 원이 완성되듯, 원을 그린 후 컴퍼스의 먼 다리는 제자리로 돌아오기 마련이다. "불사조의 불가사의가 우리 때문에/ 뜻이 더욱 깊어지오, 우리 둘이 하나 되어 그것이므로./ 그리하여 하나의 중성으로 양성이 합쳐져,/ 우리는 똑같이 죽었다가 살아나서,/ 이 사랑으로 신비롭게 되오."(「시성(詩聖, The canonization)」)와 같은 그 단일, 그 조화, 그 합일, 그 영원이 바로 던이 지향했던 이상적인 사랑이었다. 그런 의미에서 「이별의 말―슬퍼하지 말기를」은 사랑과 이별은 물론이고 삶과 죽음, 인간과 신, 현세와 내세, 지상과 우주, 그리고 감성과 지성, 추상과 구체, 여기와 저기, 현존과 부재가 하나로 연결되어 있음을 노래하는 시이기도 하다.

　던은 예의 그 「누구를 위하여 종은 울리나」에서 물음의 형식을 빌려 이렇게 말한다. 태양의 떠오름에 우리의 눈을 들어 올리지 않을 수 없고 별똥별의 떨어짐에 눈을 뗄 수 없듯이, "이 세상에서 자신의 일부가 사라짐을 알리는 종소리에 그 누가 그의 귀를 뗄 수 있겠는가?"라고. 당신과 내가 한 몸이듯, 태양과 별똥별과 종소리와 그리고 우리 삶이 하나로 연결되어 있기 때문이다. 우리는 모두 우주라는 이 '한 권의 책'을 이루는 한 단어들이기 때문이다. "모든 인류는 한 저자가 쓴 한 권의 책이라 할 수 있다. 한 인간이 죽으면, 하나의 장(章)이 책에서 찢겨 나가는 것이 아니라, 그의 장이 더 나은 언어로 번역되는 것이다." 그렇다면, 죽고 난 후의 '한 권의 책' 속에서 이 삶을 이끌고 가는 나의 사랑은 과연 어떤 단어로 번역될 것인가.

모음

장 니콜라 아르튀르 랭보

검은 A, 흰 E, 붉은 I, 푸른 U, 파란 O: 모음들이여,
언젠가는 너희들의 보이지 않는 탄생을 말하리라.
A, 지독한 악취 주위에서 윙윙거리는
터질 듯한 파리들의 검은 코르셋,

어둠의 만(灣): E, 기선과 천막의 순백(純白),
창 모양의 당당한 빙하들: 하얀 왕들, 산형화(繖形花)들의
살랑거림.
I, 자주 조개들, 토한 피, 분노나
회개의 도취경 속에서 웃는 아름다운 입술.

U, 순환주기들, 초록 바다의 신성한 물결침,
동물들이 흩어져 있는 방목장의 평화, 연금술사의
커다란 학구적인 이마에 새겨진 주름살의 평화.

Voyelles

Jean Nicolas Arthur Rimbaud

A noir, E blanc, I rouge, U vert, O bleu, voyelles,

Je dirai quelque jour vos naissances latentes,

A, noir corset velu des mouches éclatantes

Qui bombinent autour des puanteurs cruelles,

Golfes d'ombre: E, candeur des vapeurs et des tentes,

Lance des glaciers fiers, rois blancs,

frissons d'ombelles

I, pourpres, sang craché, rire des lèvres belles

Dans la colère ou les ivresses pénitentes:

U, cycles, vibrements divins des mers virides,

Paix des pâtis semés d'animaux, paix des rides

Que l'alchimie imprime aux grands fronts studieux,

O, 이상한 금속성 소리로 가득 찬 최후의 나팔,
여러 세계들과 천사들이 가로지르는 침묵,
오, 오메가여, 그녀 눈의 보랏빛 테두리여!

O, suprême Clairon plein de strideurs étranges,

Silences traversés des Mondes et des Anges:

—O l'Oméga, rayon violet de Ses Yeux!

키보드의 ㄹ 옆에는 ㅎ이 있다. 나는 자꾸만 '랭보'를 '행보'라 오타하곤 한다. 보들레르가 '파리의 산책자'라면 랭보는 유럽의 보행자다. 1870년 8월 성적우수상으로 받은 책들을 팔아 전란에 휩싸였던 파리를 향했던 열여섯 살의 첫 가출에서부터 1891년 사망하기까지 랭보는 '걷는 자'였다. 실제로 차비가 없어서 걸어야 할 때도 많았지만 그는 늘 앞으로 나아가기 위해 걸었다. 1871년 9월 시인 폴 베를렌과의 첫 만남 이후 2년 동안 프랑스, 런던, 벨기에 등지를 오갔던, 시 쓰기와 사랑의 도피로서 여행 중에도 그들은 걷고 걸었다. 그리고 1873년 가을 베를렌이 쏜 총에 왼쪽 손바닥을 맞고 그와 결별한 이후부터, 1891년 가을 오른쪽 다리를 절단할 때까지 여행가, 탐험가, 무역 중개인으로 유럽 각국과 아시아, 지중해, 아프리카를 떠돌며 방랑의 삶을 살 때도 그는 걸었다.

"찢어진 주머니에 두 손을 집어넣"은 채 "나의 여관은 북두칠성좌"라며 별을 보며 노숙하고, 아침이면 다시 "터진 구두끈을 리라 타듯 잡아당기며"(「나의 방랑」) 바람을 따라 걸었던 랭보. 그런 그를, 시와 사랑의 동반자였던 베를렌은 '미지와 영원을 만끽한 시인', '바람구두를 신은 사나이'라 불렀다. "나는 가리라, 멀리, 저 멀리, 보헤미안처럼,/ 계집애 데려가듯 행복하게, 자연 속으로."(「감각」)라고 노래했던 그는 잠꼬대조차도 "allons(가자), allons, allons……"했다고 한다. 그에게 '걷는다'는 것은 감각한다는 것이었고, 그 감각은 미지의 찬란한 착란을 향한 걸

음걸음이었다. 그 끝은 바다 건너 태양이 작열하는 사막, 그리고 그곳에 충만한 자유와 사랑이었다. 자신의 시와 삶을 지탱하는 삼위일체이기도 했던 이 '태양'과 '자유'와 '사랑'을 향해 랭보는 후퇴하는 법 없이 앞으로, 앞으로 나아갔다. 그런 랭보의 행보는 태양 가까이까지 날아갔던 탓에 녹아 버렸던 이카로스의 밀랍으로 된 날개를 생각나게 한다.

「모음」은 1871년 8월쯤 랭보가, 열 살 위였던 신혼의 베를렌에게 편지와 함께 보냈던 8편의 시들 중 하나다. 그러니까 같은 해 5월 스승 폴 드므니에게 보낸 편지에서 피력했던 '견자(voyant)의 시학'이 확립되던 즈음에 쓰였다. 시란 "하나의 언어를 찾기" 위한 실험이자 연구인바 "이 언어는 색깔, 소리, 향기 등 모든 것을 개괄하면서 영혼에서 영혼으로 전달되며, 사고가 사고를 잡아끌어 붙잡게 된다."라는 랭보의 시학적 성찰이 담겨 있다. 결과적으로 이 시는 랭보의 시학적 실험을 넘어서는 독창적인 작품으로 평가되고 있으며 보들레르에서 말라르메, 베를렌, 랭보로 이어지는 프랑스 상징주의를 상징하는 시가 되었다.

A, E, I, O, U! 이 다섯 개의 모음은 언어의 기둥이자 세상 모든 말씀들의 기둥이다. 랭보는 이 모음들의 '은밀한 탄생'을 말하고 있다. 마치 태초의 말씀처럼! 다른 시에서도 "나는 모음들의 색깔을 발명했다! A는 검고, E는 하얗고, I는 붉고, O는 푸르고, U는 초록이다. 나는 각 자음의 형태와 운동을 조절했고, 본능적인 리듬으로, 언젠가는 온갖 감각에 다 다다를 수 있는 시 언

어를 창조하리라 자부했다."(「착란2 ─ 언어의 연금술」)라고 노래
했다. 그는 이 다섯 개의 모음에 감각과 영혼과 정신은 물론 시
공간을 지닌 세계의 의미까지를 부여해 감각의 착란, 의미의 마
술, 언어의 연금술을 꾀하였다. 즉 모음 하나하나에 풍부한 상징
성을 부여함으로써 시 감상과 해석의 열쇠를 오롯이 독자의 몫
으로 남겨 두고 있다.

　O와 U의 순서를 바꾼 것은 A와 O를 각각 시작과 끝, 그러니
까 알파(A, *α*)와 오메가(*Ω, ω*)로 맞추려는 의도였을 것이다. 굳
이 "나는 알파와 오메가요 처음과 나중이요 시작과 끝이라"(「요
한계시록 22:13」)라는 그리스도의 말을 환기하지 않더라도, A의
검은 어둠과 O의 푸르스름한 보랏빛은 영성과 영감으로 가득하
다. A, E, I, U, O를 표현한 시의 구절들을 들여다보면 A는 죽음
과 탄생, E는 정화와 순결, I는 사랑과 정열, U는 자연과 평화, O
는 재생과 부활의 의미를 담고 있다. 또한 이것들 각각은 우주
의 원리를 음양오행설로 풀어낸 검정(黑/北/冬), 하양(白/西/秋),
빨강(赤/南/夏), 노랑(黃/中心), 파랑(靑/東/春)의 우리 오방색을
떠올리게도 한다. 어디 그뿐인가. A를 머리(카락), E를 허리, I를
혀, U를 가슴, O를 성기로 읽는다면 이 시 전체는 여성적 관능
성이 출렁이는 에로틱한 상징시로도 읽힌다.

　'바람의 구두를 신고' 걷고 걸었던 일생의 행보로 얻은 병 때
문에 랭보는 오른쪽 다리를 잘라 냈다. 딱 4년 동안 시를 쓰고 절
필했던 열아홉 살에 그는 이미 스스로의 삶과 시를 이렇게 일갈

했다. "나는 모든 축제를, 모든 승리를, 모든 드라마를 만들어 냈다. 새로운 꽃을, 새로운 별을, 새로운 육체를, 새로운 언어를 창조하는 데 공을 들였다."(「안녕(Adieu)」)라고. 미지와 무한과 심연을 보기 위해 온몸을 던진, 자신에게조차도 늘 타자이고자 했던 미지의 시인이자 견자의 시인이 바로 아르튀르 랭보였다. 사망하기 한 달 전쯤인 1891년 10월 4일 일요일, 그를 돌봤던 누이동생의 일기는 이랬다. "잠에서 깨어나면, 그는 창문을 통해 구름 한 점 없는 하늘에서 여전히 빛나는 태양을 바라본다. 그리고 다시는 바깥에 나가 해를 보지 못할 것이라고 울기 시작했다." 정체불명의 적의와 갑갑함으로 나른한 날들 한가운데서 랭보의 시를 덮으며 나는 이렇게 되읊어 본다. "오 계절이여, 오 성(城)이여!/ 상처 없는 영혼이 어디 있으랴?"(「착란 2 — 굶주림」) "모든 감각의 오랜 착란"이여, "나는 타자다"!

나는 첫눈 속을 거닌다

세르게이 알렉산드로비치 예세닌

나는 첫눈 속을 거닌다,
마음은 생기 넘치는 은방울꽃들로 가득 차 있다.
저녁이 나의 길 위에서
푸른 촛불처럼 별에 불을 붙였다.

나는 알지 못한다, 그것이 빛인지 어둠인지?
무성한 숲 속에서 노래하는 것이 바람인지 수탉인지?
어쩌면 들판 위에 겨울 대신
백조들이 풀밭에 내려앉는 것이리라.

아름답다 너, 오 흰 설원이여!
가벼운 추위가 내 피를 덥힌다!
내 몸으로 꼭 끌어안고 싶다.
자작나무의 벌거벗은 가슴을.

Я по Первому Снегу Бреду

СЕРГЕЙ АЛЕКСАНДРОВИУ ЕСЕНИН

Я по первому снегу бреду,

В сердце ландыши вспыхнувших сил.

Вечер синею свечкой звезду

Над дорогой моей засветил.

Я не знаю, то свет или мрак?

В чаще ветер поет иль петух?

Может, вместо зимы на полях

Это лебеди сели на луг.

Хороша ты, о белая гладь!

Греет кровь мою легкий мороз!

Так и хочется к телу прижать

Обнаженные груди берез.

오, 숲의 울창한 아련함이여!

오, 눈 덮인 밭의 활기참이여!

못 견디게 두 손을 모으고 싶다.

버드나무의 허벅지 위에서.

О, лесная, дремучая муть!

О, веселье оснеженных нив!

Так и хочется руки сомкнуть

Над древесными бедрами ив.

1921년 가을, 모스크바의 한 파티장. 지친 모습으로 늦게 도
착한 이사도라 덩컨이 안락의자에 앉아 한 청년에게 손짓했다.
한 손으로 청년의 곱슬머리를 만지며 서투른 러시아어로 말했
다. "머리가 황금색이야!" 청년의 입술에 키스를 한 후 "천사로
군!" 다시 키스를 한 후 "악마 같으니!" 아기 천사를 닮은 그러
나 후일 악마를 닮게 되는, 그 청년이 바로 '제2의 푸시킨'이라
불리며 랭보와 비교되었던 천재 시인 예세닌이었다. 자신의 종
교가 무용이라고 말하던 마흔넷의 미국 여자 무용수와, 자신의
종교가 시라고 믿었던 스물일곱의 러시아 청년의 사랑은 이렇게
시작되었다. 그 사랑은 덩컨과 예세닌이라는 '두 시대, 두 인생
관, 두 세계의 충돌'이었다. 1923년까지 그들은 사랑했고 결혼했
고 여행했고 싸웠고 불행했고 드디어 헤어졌다.

　　1925년 12월 21일, 모스크바 정신병원에서 퇴원한 예세닌
은 그길로 출판사에 찾아가 선인세를 받아 술독에 빠졌다. 24일
레닌그라드에 도착, 3년 전에 덩컨과 함께 투숙했던 앙글르테
르 호텔에 투숙했다. 27일 잉크가 없어 칼로 자신의 팔목을 그
어 그 피로 시를 쓴 후 시인 에를리히가 찾아오자 접어서 건네주
었다. 28일 아침, 창문에 목을 매 숨진 상태로 발견되었다. 30일
시신이 담긴 관이 화물칸에 실려 모스크바에 도착했다. 31일 바
간코보 묘지에 안장되었고, 고인의 시가 낭송되고 조문객들은
새해를 맞이하기 위해 각자의 집으로 돌아갔다. 그의 나이 서른
이었다.

1927년 12월 14일 니스의 저녁 여덟 시. 시험 운행을 위해 이탈리아의 청년 팔체토가 무개(無蓋)형 부가티(1907~1939년 사이에 생산되던 스포츠카)를 몰고 덩컨의 집 앞에 도착했다. 바람이 센 날이었다. 새로운 사랑이 찾아온 듯, 팔체토가 자동차 문을 닫자 그녀는 "안녕, 영광을 찾아 떠나요!"라고 외치며 기다랗고 빨간 스카프를 목에 단단히 둘렀다. 지붕 없는 부가티가 출발하자 덩컨의 목에 감겨 있던 스카프가 바람에 휘날리며 부가티 뒷바퀴 회전축에 걸렸고 그녀는 목이 부러져 사망했다. 맨발의 이사도라 덩컨의 마지막 '무대'였다.

예세닌은 스스로를 러시아 '최후의 농민 시인'이라 불렀다. 혁명과 변혁의 소용돌이 속에서 러시아의 풍요로운 자연과 진솔한 농민 정서를 그만큼 잘 표현한 시인은 없었다. 자작나무 숲과 황금빛 노을, 푸른 밤과 백색의 설원(雪原), 기도하는 어머니와 버려진 황무지……. 고리키는 그에 대해 '평범한 인간이 아니라 애당초 시를 위해 창조된 유기체'라고 평하면서 "끝없는 들판의 비애를 표현하고, 지구 상에 살아 있는 만물에 대한 사랑과, 무엇보다도 인간에게 베풀어야 할 연민의 정을 표현하는 시인"이라며 경탄한 바 있다.

모든 눈은 첫눈이다. 적어도 내게는 그렇다. 누군들 첫눈을 기다리지 않을까. 누군가는 첫눈 오는 날에 모든 걸 걸며 어떤 이름을 기다리기도 하고, 누군가는 첫눈이 쌓인 백지의 마당 위에 새벽 발자국을 내며 나아가기도 한다. 기다리는 사람에게 모든 눈은 첫눈이다. 그리고 첫눈은 기다리는 사람에게만 온다. 「나는 첫눈 속을 거닌다」는 예세닌이 시인으로서 황금기였던 1917년에 쓴 시다. 차이콥스키 피아노 협주곡 1번의 선율을 따라 달리던 마차 뒤로 끝없이 펼쳐지던 눈 덮인 은빛 자작나무 숲들! 이 시를 읽노라면 영화 「차이코프스키」의 은빛 설원이 떠오른다. 하얀 자작나무 숲에 흰 눈까지 내려 쌓이면 세상은 온통 은가루를 뒤집어쓴 마법의 세계가 된다. "그리고 꿈결 같은 정적 속에/ 자작나무는 서 있다. / 그리고 황금빛 불 속에서/ 작은 눈송이들이 빛난다.// 새벽노을이 느릿느릿/ 주위를 배회하며/ 새롭게 은을/ 어린 가지에 흩뿌린다."(「자작나무」)

'첫눈' 속을 걷노라면 '은방울꽃들'이 가득 찬 마음일 것이다. 어두워지는 하늘에 '푸른 촛불'처럼 '별'들이 하나둘씩 돋아난다면 더더욱 그러할 것이다. 첫눈, 저녁, 길, 은방울꽃, 촛불, 별 들이 직조해 내는 아름다운 풍경은 서정시의 교본과도 같다. 어둠과 빛, 바람과 수탉 등 모든 것들의 경계가 지워진 눈 쌓인 들판을, 시인은 "겨울 대신 백조들이 풀밭에 내려앉"는다고 표현한다. 그러고는 이 환상적인 풍경에 뜨거운 생명을 불어넣는다. 첫눈을 몰고 온 아름다운 추위가 시인의 피를 덥히고, 피가 뜨거워진 시인은 이제 자작나무의 벌거벗은 가슴을 안아 주고 싶어 한다. 은빛 첫눈과, 피가 뜨거운 시인의 가슴과, 은빛 자작나무가 서로 교감하고 상응하는 이 구절은 단연 백미다.

감사의 마음이든 축복의 마음이든 기도의 마음이든, 아름다운 풍경 앞에서 우리는 두 손을 모으게 된다. "버들가지 솜털을 보았다면 봄은 벌써 난로 밑에 온 것이다."라는 러시아 속담도 있듯, 첫봄에 가장 먼저 물오르는 "버드나무의 허벅지"는 봄과 생명에 대한 은유일 것이다. 19세기 초에 셸리 또한 "겨울이 오면 봄 또한 멀지 않으리"라고 노래했듯, 겨울의 시작을 알리는 첫눈 속에서 "버드나무의 허벅지"를 감지하는 자들이 바로 시인이다.

덩컨과 헤어져 러시아에 귀향한 이후에도 예세닌의 중독과 착란과 광기는 되풀이되었다. 덩컨과 헤어지게 했던 바로 그 이유였건만. 그즈음에 썼던 「모스크바의 선술집」의 마지막 구절은 이랬다. "내 늙은 개는 죽은 지 오래./ 구불구불한 모스크바의 길거리에서/ 죽는 것이 아마 신이 내린 내 운명인가 보다." 선술집 바닥에 널브러져서 혹은 호텔 방에서 창문을 바라보면서 스스로 꺾어야만 했던, 예세닌의 너무 젊고 너무 컸던 날개를 생각한다. 죽기 직전 자신의 피로 썼다는 예세닌의 마지막 시 "이 세상에서 죽는다는 것은 새삼스러운 일이 아니지./ 하지만, 산다는 것 역시 더 새삼스러울 것 없는 일이지."라는 구절과 함께.

소네트 148

월리엄 셰익스피어

아, 사랑이 내 머리에 어떤 눈을 심었기에
내 눈이 헛것을 본단 말인가?
아니, 제대로 본들, 내 판단력은 어디로 달아났기에
잘 본 것들마저 잘못 판단한단 말인가?
내 잘못된 눈은 무작정 빠져드는 것마다 아름답거늘
세상이 아름답지 않다고 함은 어인 일인가?
실제로 아름답지 않다면, 사랑이 아름답게 보는 것이리라
사랑의 눈은 세상 사람들 눈만큼 정확치 않다, 아니다,
어찌 그럴 수 있겠는가? 아, 지새움과 눈물로
그처럼 흐려진 사랑의 눈이 어찌 정확할 수 있겠는가?
그러니 내 눈이 헛것을 본들, 놀라울 것 없어라,
하늘이 맑아야 태양이 스스로를 비추는 법이기에.
　　아 영리한 사랑이여! 그대는 눈물로 나를 눈멀게 했구나,
　　잘 보는 눈이 그대 추한 결함들을 찾아내지 못하도록.

Sonnet 148

WILLIAM SHAKESPEARE

O me, what eyes hath Love put in my head,

Which have no correspondence with true sight;

Or, if they have, where is my judgment fled,

That censures falsely what they see aright?

If that be fair whereon my false eyes dote,

What means the world to say it is not so?

If it be not, then love doth well denote

Love's eye is not so true as all men's: no,

How can it? O! how can Love's eye be true,

That is so vexed with watching and with tears?

No marvel then, though I mistake my view;

The sun itself sees not till heaven clears.

    O cunning Love! with tears thou keep'st me blind,

    Lest eyes well-seeing thy foul faults should find.

윌리엄 셰익스피어가 '시인'이라는 사실을 새삼 확인시켜 주었던 건 영화 「내 남자 친구는 왕자님」에서였다. 그랬다! 「비너스와 아도니스」와 「루크리스의 능욕」은 셰익스피어가 쓴 아름다운 장시(長詩)였고, 무엇보다 셰익스피어에게는 헤럴드 블룸에 의해 "셰익스피어의 천재성을 완벽하게 발휘한 작품"으로 상찬되었던 154편의 소네트들이 있었다. 영화에서는 시적 감수성이라곤 젬병인 여자 친구에게 우리의 왕자님이 시에 대해 '한 수' 가르쳐 준다. 셰익스피어 「소네트148번」 12행, "태양은 보이지 않는다 천국이 빛나기 전까지"(The sun itself sees not till heaven clears, 하늘이 맑아야 태양이 스스로를 비추는 법이기에)이다. 왕자님은 이 구절을 '구름이 낄 때는 태양이 빛나지 않는다.'라는 직설적 표현으로 전환한 후 '사랑이 너를 눈멀게 했다.'와 '네가 사랑에 빠지면 이성적으로 생각할 수 없다.'라는 시적 의미를 유도해 낸다. 세탁실에서 만난 두 남녀는 셰익스피어 소네트 한 구절에 교감하면서 사랑의 마법에 말려들기 시작한다.

'셰익스피어'라는 이름은 소문처럼 무성하다. '역사상 가장 위대하고 영향력 있는 극작가', '인도와도 바꾸지 않겠다는 영국인들의 자존심' 등의 수식이 붙곤 하는 그 이름은 때로 텅 빈 기호 혹은 채워질 수 없는 욕망과도 같다. 이를테면 이런 것! 셰익스피어 희곡 원작을 죄다 읽어 보기, 무대 위의 배우처럼 그 멋진 문장들을 외워 보기와 같은 것! 누구나 셰익스피어를 알지만 누구도 셰익스피어를 다 알지 못하는 것과 같은 것! "그는 한 시대의 사람이 아니라 모든 시대의 사람이었다!"라는 17세기 극작가 벤 존슨이 바친 헌사의 의미 같은 것!

실제로 셰익스피어의 삶과 작품 연대기는 수수께끼에 가깝다. 심지어는 셰익스피어라는 사람은 실존하지 않았으며, 누군가의 필명이거나 집단 저작일 수도 있다는 음모론까지 제기되고 있다. 그럼에도 그는 1564년 4월 23(26)일에 태어났으며 1616년 4월 23일에 눈을 감았고, 그가 세례를 받았던 홀리 트리니티 교회에 잠든 것으로 전해져 왔다. '딱 52년'을 살았을 뿐인데 지금껏 500년을 아니 오래된 미래의 '위대한 전설'로 살아남은 것이다. 그가 묻힌 교회 무덤에는 이런 문장이 새겨져 있다고 한다. "선한 친구여, 제발 부탁이니/ 여기 묻힌 흙을 파내지 마오./ 이 돌들을 그대로 두는 자에게 복이 있고/ 내 유골을 움직이는 자에게 저주 있으리." 그가 창조한 주인공들, 이를테면 햄릿, 아니 맥베스나 리어왕, 아니 아니 오셀로에게 어울릴 것 같은 비문이다.

154편의 소네트들은 셰익스피어가 1600년을 전후해서 썼을 것이라 추측할 뿐, 정확히 언제 쓴 것인지 누구에게 또는 어떤 독자를 대상으로 쓴 것인지는 불분명하다. 이 작품들은 'W. H.'라는 인물, 귀족 청년, 검은 여인 등에게 바친 내밀한 사랑의 기록으로 알려져 왔으며, 비유와 기지로 무장한 감각의 성찬으로 평가되고 있다. 원래 소네트란 '작은 노래' 즉 소곡(小曲)을 뜻한다. 셰익스피어는 찬미 일색, 통속적 연애시 일색의 기존 소네트 전통에서 벗어나 미라든가 진리, 사랑, 시간, 예술, 영혼 등으로 그 주제를 확대했다. 특히 역설을 강조하면서 두 행씩 각운(end rhyme)을 이루며 4행씩 세 부분으로 전개되다 마지막 두 행(couplet)에서 압축 혹은 반전되는 영국식(셰익스피어식) 소네트 형식을 확립하기도 했다.

"셰익스피어는 천 개의 마음을 지닌 사람이다. 그는 수도관 속을 흐르는 물 같은 존재다."라고 했던 이는 19세기의 새뮤얼 콜리지였던바, '천 개의 마음'으로 상징되는 사랑에 대해 셰익스피어 소네트만큼 깊은 통찰력을 보여 주는 시편들도 드물다. 특히 눈먼 사랑, 맹목적인 사랑에 대한 통찰이야말로 셰익스피어 소네트의 정수다. 우리의 로미오 또한 이렇게 말했다. "아, 그 사랑은 눈이 가려져 있다고 하지만/ 눈이 없어도 자기가 갈 길을 찾아내지."(「로미오와 줄리엣」)라고.

「소네트 148」에서도 '사랑의 눈(Love's eye)'은 헛것을 본다. 이 사랑의 신(神)의 눈은 '정확한 시각(true sight)'이나 '판단력(judgment)'과는 거리가 멀다. 눈은 진리를 보아야 하고 사실을 말해야 하지만, 사랑에 빠진 눈은 사랑하는 사람의 아름다움에만 무작정 빠져든다. 모든 사람들이 지닌 정확하고 객관적인 눈과는 상극이다. 지새움과 눈물이 눈멀게 했기 때문이다. 눈에 콩깍지가 씌었다는 건 이럴 때 쓰는 말이다. 제 눈에 안경이라는 말도 그렇다. 우리의 테세우스 또한 이렇게 일갈했다. "미친 사람과 사랑에 빠진 사람, 그리고 시인은 모두가 다 상상으로 꽉 찬 사람들이지."(「한여름 밤의 꿈」)라고. "끝없는 불안으로 광기에 사로잡히니,/ 내 생각과 내 말이 미친 사람의 것 같고,/ 진심에서 나온 말도 헛소리에 두서가 없구나./ 내 그대가 아름답다 맹세하며, 그대가 눈부시다 생각하니/ 그대는 지옥처럼 검고 밤처럼 어둡구나."(「소네트 147」)는 눈먼 사랑의 또 다른 변주다.

셰익스피어는 이렇게 썼다. "사랑은 누구든 눈멀고 귀먹게 하는 마취제"이고 "사랑은 누구라도 우습고 허튼 상상의 감옥으로 인도하는 안내자"(「오셀로」)라고. 그러니 약한 자여, 그대 이름은 사랑에 빠진 인간이니라. 사랑이 피어날 때도 사랑이 질 때도 귀먹고 눈멀 것이다! 사랑에 빠진 스스로를 향해서는 이렇게도 썼다. "시인의 잉크가 사랑의 한숨에 단련되기 전까지는/ 시인이 감히 글을 쓰려 펜을 만지지도 못하게 하라."(「한여름 밤의 꿈」)고.

가지 않은 길

로버트 리 프로스트

단풍 든 숲 속에 두 갈래 길이 있었습니다
몸이 하나니 두 길을 가지 못하는 것을
안타까워하며, 한참을 서서
낮은 수풀로 꺾여 내려가는 한쪽 길을
멀리 끝까지 바라다보았습니다

그리고 다른 길을 택했습니다, 똑같이 아름답고,
아마 더 걸어야 될 길이라 생각했지요
풀이 무성하고 발길을 부르는 듯했으니까요
그 길도 걷다 보면 지나간 자취가
두 길을 거의 같도록 하겠지만요

그날 아침 두 길은 똑같이 놓여 있었고
낙엽 위로는 아무런 발자국도 없었습니다
아, 나는 한쪽 길은 훗날을 위해 남겨 놓았습니다!
길이란 이어져 있어 계속 가야만 한다는 걸 알기에

The Road Not Taken

Robert Lee Frost

Two roads diverged in a yellow wood,
And sorry I could not travel both
And be one traveler, long I stood
And looked down one as far as I could
To where it bent in the undergrowth;

Then took the other, as just as fair,
And having perhaps the better claim
Because it was grassy and wanted wear,
Though as for that the passing there
Had worn them really about the same,

And both that morning equally lay
In leaves no step had trodden black
Oh, I kept the first for another day!
Yet knowing how way leads on to way

다시 돌아올 수 없을 거라 여기면서요

오랜 세월이 지난 후 어디에선가
나는 한숨지으며 이야기할 것입니다
숲 속에 두 갈래 길이 있었고, 나는―
사람들이 적게 간 길을 택했다고
그리고 그것이 내 모든 것을 바꾸어 놓았다고

I doubted if I should ever come back

I shall be telling this with a sigh
Somewhere ages and ages hence;
Two roads diverged in a wood, and I —
I took the one less traveled by,
And that has made all the difference

"샘을 치러 나가 볼까 합니다:/ 그저 물 위의 나뭇잎이나 건져 내려구요/ (물이 맑아지는 걸 지켜볼는지도 모르겠어요)/ 오래 안 걸릴 거예요. 같이 가시지요.// 엄마 소 옆에 있는 어린/ 송아지를 데리러 가려구 해요. 너무 어려서/ 엄마 소가 핥으면 비틀거리지요/ 오래 안 걸릴 거예요. 같이 가시지요."(「목장」) 이런 청혼의 시를 받고 결혼하려 했으나 정작 그럴듯한 청혼도 받지 못하고 결혼하고 말았다. "나는 자작나무 타듯 살아가고 싶다./ 하늘을 향해, 설백(雪白)의 줄기를 타고 검은 가지에 올라/ 나무가 더 견디지 못할 만큼 높이 올라갔다가/ 가지 끝을 늘어뜨려 다시 땅 위에 내려오듯 살고 싶다."(「자작나무」) 야곱의 사다리를 연상케 하는 이 아름다운 시에 버금가는 시를 써 보려 했으나 이 구절을 오마주한 시 한 편을 썼을 뿐이다.

한때는 '프로스트'와 '프루스트'를 헛갈려 했던 적도 있으나, 다른 한때는 프로스트의 시들이 내 시의 교본이었던 적도 있다. 누군가 말했듯 "프로스트는 프로스트(frost, 서리)"다. 그의 시가 은유의 교본이었듯 이 말 또한 은유다. '자연'과 '사실'과 '순간'에 집중했던 프로스트의 시는 담백하면서도 그윽한 깊이가 있으며, 서늘한 계시처럼 우리의 정신을 청량하게 한다. 그러니까 아침의 서리인 듯, 햇살을 반사하면서 녹아드는 흰빛의 그 무엇인 듯, 어렴풋한 순간 속의 깊은 속삭임인 듯, 작고 평범한 사실 속에 숨어 있는 충만한 기쁨을 선사하곤 한다. 그는 또한 '낫'과 '펜'을 좋아했다. 그는 "생각을 일구는 행위"이자 "행위가 된 언어"를 시의 씨앗으로 삼았으며 그것들을 일구었다.

프로스트는 내게 가장 미국적인 시인이기도 하다. 프로스트는 존 F. 케네디 대통령 취임식에 초대되어 "우리가 이 땅의 우리이기 전 이 땅은 우리의 땅"으로 시작하는 축시를 낭독했다. 그리고 2년 후, 암살되기 열 달 전의 케네디는 프로스트의 죽음에 부쳐 "오늘, 로버트 프로스트를 추모하는 이날은"으로 시작하는 추모사를 전했다. 그는 미국적인 삶과 정서와 정신을 가장 잘 표현한 시인이었고 무엇보다 미국인들이 가장 사랑하는 시인이었다. 젊은 시절의 실의와 방황을 거쳐 구두점 주인, 주간지 기자, 농장 경영 등을 섭렵했던 삶의 편력, 노동과 전원과 종교를 터전으로 삼아 대자연의 긍정을 지향했던 성찰과 예지, 일상생활에서 발견한 은유의 언어 등이 모두 그가 대중성을 체화하고 '대중 시인(public poet)'이라는 칭호를 얻게 된 원동력이 되었다.

「가지 않은 길」은 프로스트가 실의에 빠져 있던 20대 중반에 쓴 시다. 변변한 직업도 없었고 문단에서도 인정받지 못했던 시기였고, 이 대학 저 대학에서 공부는 했으나 학위를 받지는 못한 채 기관지 계통의 질병에 시달리고 있었다. 당시 집 앞에는 숲으로 이어지는 두 갈래 길이 있었는데 그 길과 자신이 살아온 인생을 돌아보며 이 시를 썼다고 한다. 원제인 'The road not taken'은 가지 않은 길, 가지 못한 길, 가 보지 않은 길, 걸어 보지 못한 길 등으로 번역되는데, 나는 선택적 의지가 강조된 '가지 않은 길'로 번역된 것을 좋아한다. 세상 모든 길은 두 갈래 길로 나뉜다. 간 길과 가지 않은 길, 알려진 길과 알려지지 않은 길, 길 있는 길과 길 없는 길! 삶이라는 이름 아래, 선택이라는 이름 아래, 우리는 한 길만을 걸어야 한다. 그 누구도 동시에 두 길을 걸을 수는 없다. 평등한, 인간의 조건이다. 한 길에 한번 들어서 는 순간 결코 되돌아올 수도 없다. 시간을 거스를 수 없는, 인간 의 숙명이다.

가을 단풍이 노랗게 혹은 붉게 든 숲 속으로 난 두 갈래 길은 유혹적이다. 두 길이 모두 서로에게 못지않게 아름답고, 쌓인 낙엽 위에 그 어떤 발자국도 없다면 더욱! 자, 어떤 길을 갈 것 인가. 시인은, 사람들이 적게 간 길을 택했고 그 선택이 모든 것 을 바꾸어 놓았다고 한다. 그러니 프로스트의 '가지 않은 길'이 란 사람들이 적게 갔기에 선택했던 길인 동시에, 그 길을 선택 함으로써 내가 선택하지 못했던 길이기도 하다. 그 선택이 아름 다운 선택이었다고 말하고 싶지만, 그러나, 선택적 의지보다 우 연 혹은 운명이 앞선 것이었다면? 그 선택이 모든 것을 바꾸어 놓은 것이 아니라, 실은 예정된 우연이나 운명의 길을 간 것이 었다면?

그럼에도 분명한 것은 "숲은 아름답고, 어둡고 깊다./ 하지만 지켜야 할 약속이 있어,/ 잠들기 전에 가야 할 길이 있다./ 잠들 기 전에 가야 할 길이 있다."(「눈 내리는 저녁 숲가에 서서」)는 사 실이다. 우리에게 주어진 매일매일이라는, 그리고 가야 할 길이 라는 약속이 있기에 우리는 가야만 한다. 인생의 강자는 간 길에 대해 말이 없다. 가지 않은 길에 대해서는 더더욱! "문에 다다르기를 바라고 있기 때문에 문에 다다르게 되"(「반드시 집에 가야지」)는 것처럼, 한 길을 바라보았기 때문에 한 길을 걷게 되었을 뿐. 단지 "어느 가지에는/ 따지 않은 사과가 두세 개는 있을 것이"고, "아직도 나의 두 갈래 긴 사닥다리는 나뭇가지 사이로/ 천국을 향하여 뻗어 있"(「사과를 따고 나서」)을 것이다. 또 한 해가 저물고 있다.

슐레지엔의 직조공

하인리히 하이네

침침한 눈에는 눈물도 마르고
베틀에 앉아 이빨을 간다
독일이여 우리는 짠다 너의 수의를
세 겹의 저주를 거기에 짜 넣는다
　　　우리는 짠다 우리는 짠다

첫 번째 저주는 신에게
추위와 굶주림 속에서 우리는 기도했건만
희망도 기대도 허사가 되었다
신은 우리를 조롱하고 우롱하고 바보 취급을 했다
　　　우리는 짠다 우리는 짠다

두 번째 저주는 왕에게 부자들의 왕에게
우리들의 비참을 덜어 주기는커녕
마지막 한 푼마저 빼앗아 먹고 그는
우리들을 개처럼 쏘아 죽이라 했다
　　　우리는 짠다 우리는 짠다

Die Schlesischen Weber

HEINRICH HEINE

Im düstern Auge keine Träne,
Sie sitzen am Webstuhl und fletschen die Zähne:
Deutschland, wir weben dein Leichentuch,
Wir weben hinein den dreifachen Fluch —
    Wir weben, wir weben!

Ein Fluch dem Gotte, zu dem wir gebeten
In Winterskälte und Hungersnöten;
Wir haben vergebens gehofft und geharrt,
Er hat uns geäfft und gefoppt und genarrt —
    Wir weben, wir weben!

Ein Fluch dem König, dem König der Reichen,
Den unser Elend nicht konnte erweichen,
Der den letzten Groschen von uns erpreßt,
Und uns wie Hunde erschießen läßt —
    Wir weben, wir weben!

세 번째 저주는 그릇된 조국에게

오욕과 치욕만이 번창하고

꽃이란 꽃은 피기가 무섭게 꺾이고

부패와 타락 속에서 구더기가 살판을 만나는 곳

　　　우리는 짠다 우리는 짠다

북이 날고 베틀이 덜거덩거리고

우리는 밤낮으로 부지런히 짠다

낡은 독일이여 우리는 짠다 너의 수의를

세 겹의 저주를 거기에 짜 넣는다

　　　우리는 짠다 우리는 짠다

Ein Fluch dem falschen Vaterlande,

Wo nur gedeihen Schmach und Schande,

Wo jede Blume früh geknickt,

Wo Fäulnis und Moder den Wurm erquickt —

  Wir weben, wir weben!

Das Schiffchen fliegt, der Webstuhl kracht,

Wir weben emsig Tag und Nacht —

Altdeutschland, wir weben dein Leichentuch,

Wir weben hinein den dreifachen Fluch,

  Wir weben, wir weben!

한 번쯤 하이네 시에 마음이 사로잡힌 적 있을 것이다. 봄과 자연과 사랑을 노래한 초기 서정시의 백미인 "눈부시게 아름다운 오월에/ 모든 꽃봉오리들이 피어날 때/ 이 가슴에도 사랑이 싹텄네"나, 멘델스존의 작곡으로 유명해진 "노래의 날개에 실어, 사랑하는 이여,/ 나 그대를 멀리 데려가리,/ 갠지스 강 들판으로 데려가리,/ 이 세상에서 가장 아름다운 그곳으로"와 같은 '서정적 간주곡'의 사랑 시편들은 하이네를 연애시인으로 각인시켜 놓았다. 또 있다. 세계적으로 애창되었던 질허 작곡의 민요 "알 수 없는 일이다,/ 어찌하여 옛날의 동화 하나가/ 잊히지 않고/ 나를 슬프게 하는지"로 시작하는 「로렐라이」라 불리는 시. 하이네가 유대인이라는 이유로 나치들이 이 시를 금지하려 했으나 이미 너무 알려져 작가 미상의 민요로 허용할 수밖에 없었다. 하이네는 사랑의 환희와 고통을 가장 쉬운 독일어로 가장 아름답고 깊게 노래했다. 니체가 그를 '독일어의 제일가는 곡예사'라 부른 까닭이다.

　한데 하이네만큼 문학적으로 다양한 평가를 불러일으킨 시인도 드물다. 아웃사이더, 예외자, 포착할 수 없는 시인, 독일 문학 사상 최초의 혁명적 민주 시민, 현대적 디아스포라 지식인의 표상, 조국 독일을 가혹하게 비판한 이른바 '둥지를 더럽힌 자'…… 스스로는 '인류 해방의 용감한 병사, 혁명의 아들'이라 자처했던 그는 1797년, 프랑스와 경계해 있는 독일의 라인 지방 뒤셀도르프에서 유대인 포목상의 아들로 태어났다. 때는 근대화가 발아하던 시기였고, 뒤셀도르프는 프랑스혁명군이 주둔했던 곳이기도 하다. 봉건 독일에서 유대인으로 태어나 프랑스의 혁명과 자유를 갈망했던 하이네! 출생 시기, 장소, 태생 자체가 혼돈과 경계를 상징했던 그는 폭풍처럼 살았다. 그의 친구 라우베는 이렇게 증언했다. "하인리히 하이네는 사랑에 빠진 처녀가 애인 품에 몸을 던지듯이 자신의 시대에 앞뒤 가리지 않고 몸을 던졌다."

1831년 5월, 하이네의 프랑스 망명은 자유와 혁명으로 상징되는 "자유로운 사유에 바쳐진 희생"이었다. 1843년 말에 젊은 마르크스와 교류했던 그에겐 '공산주의의 승리에 대한 본능적 예감'이 있었다. 그러나 '모든 형태의 대중 지배에 대한 시인으로서의 혐오감' 때문에 공산주의에 경도되지는 못했다. 프랑스혁명이 일어났던 1848년에서 질병이 발병하여 숨을 거둔 1856년까지 그는 스스로 "침상은 나의 무덤, 방은 나의 관(棺)"이라 표현했던 그 '침대 무덤'에 갇혀 있었다. 두통, 마비 증상, 시력장애, 척추 고통에 신음하면서도 그는 불완전한 눈과 손으로 죽음 직전까지 보수 반동의 사회·정치 상황을 신랄하게 비판하는 글을 썼다. 가슴 한편에는 어머니와 조국에 대한 그리움을 품은 채 반평생을 이국땅에서 떠돌았다. "밤중에 독일이 생각나면/ 나는 잠이 오지 않는다./ 다시 눈을 감아도 감기지 않고/ 뜨거운 눈물만 흘러내린다.// 해는 오고 또 지나간다!/ 어머니를 만난 지도/ 어언 열두 해가 흘렀건만/ 그리움은 점점 더 깊어만 갈 뿐//

(……)/ 신이여, 늙은 어머니를 보호해 주소서!"(「밤이면」)

「슐레지엔의 직조공」은 1844년에 슐레지엔에서 발발했던 노동자 투쟁을 소재로 한 정치시, 노동자시, 선전선동시의 원조다. 1840년대 유럽은 산업혁명 시기였다. 기계화·산업화로 값싸게 대량생산된 직조 생산물들은 손으로 직물을 짜던 직조공들의 삶을 무너뜨렸다. 더 큰 이윤을 챙기려는 공장주들은 직조공들의 임금을 대폭 삭감했다. 절대 빈곤에 시달리던 3000여 명의 직조공들은 농기구를 무기처럼 들고 악덕 공장주의 집을 향했다. 공장주를 보호하기 위해 투입된 군대에 열한 명의 직조공이 목숨을 잃었고 수십 명의 부상자가 발생했다. 슐레지엔 직조공들의 '폭동'은 콜비츠에 의해 6부작(빈곤, 죽음, 회의, 행진, 폭동, 결말)의 판화로 새겨지기도 했다.

이 시는 앙시앵 레짐(ancien régime, 옛 제도나 구체제를 이르는 말)의 중심축을 공격하고 있다. 신(가톨릭교회), 왕과 귀족(봉건귀족), 그리고 조국(권력)에 대한 저주가 바로 그것이다. 기도해 봤자 응답이 없는 신, 귀족들의 권익만을 옹호하는 왕, '그들만의 나라'였던 조국에 대한 "세 겹의 저주"는, "신의 가호 아래 국왕과 조국을 위하여"로 대변되는 독일의 낡은 봉건 체제에 대한 공격이다. 이 앙시앵 레짐은 돈과 권력과 종교가 결탁한 현대에도 여전하다. 이 시가 기시감이 느껴지는 까닭이다. 1970년대 내내 우리의 엄마, 언니들이 밤늦게까지 차르르차르르 돌렸던 편물기 소리가 떠오르고, 청계천 평화시장의 봉제 공장 재단사였던 전

태일이 떠오르고, "미싱은 잘도 도네 돌아가네"라는 후렴이 너무 경쾌해서 서글펐던 노찾사의 「사계」도 떠오른다.

1·2행이 객관적 서술이라면, 3행부터 끝까지는 억압과 착취를 무력하게 감내하던 직조공들의 증오와 저주의 합창이다. '저주(fluch)', '수의(leichentuch)', '짠다(weben)'라는 시어가 반복되면서 일정한 리듬을 구축하고 있는데, 특히 "Wir weben, wir weben!"이라는 후렴구가 분노의 감정을 고조시키고 있다. "Wir weben, wir weben!"을 반복할수록 '덜거덩거리는' 직조기 소리가 연상되고 저주의 주술성이 증폭되는 듯하다. 또한 하이네가 경도되었던 생시몽주의(Saint-Simonianism, 국가가 모든 부를 소유하고 노동자는 노동의 질과 양에 따라 분배받아야 한다고 주장하는 사회주의 이데올로기)의 일면도 엿보인다. 민중의 정치적·사회적 해방과 '새로운 독일의 탄생'에 대한 믿음 없이는 쓸 수 없는 시다. 하이네의 '저주'가 여전히 반복되고 있는 이 시대에, '누벨(nouvel)'한 레짐을 꿈꿔 보게 하는 시이기도 하다.

거상(巨像)

실비아 플라스

저는 결코 당신을 온전히 짜맞추진 못할 거예요,
조각조각 잇고 아교로 붙이고 올바로 이어 맞추어.
노새 울음, 돼지가 꿀꿀거리는 소리, 음탕한 닭 울음소리가
당신의 커다란 입술에서 새어 나와요.
그건 헛간 앞뜰보다도 더 시끄럽답니다.

아마 당신은 스스로를 신탁(神託)이나
죽은 사람들, 아니면 이런저런 신(神)들의 대변자로 생각하
겠지요.
30년 동안이나 저는 당신의 목구멍에서
진흙 찌끼를 긁어내려고 애썼답니다.
그런데도 전 조금도 더 현명해지질 못했어요.

The Colossus

SYLVIA PLATH

I shall never get you put together entirely,

Pieced, glued, and properly jointed.

Mule-bray, pig-grunt and bawdy cackles

Proceed from your great lips.

It's worse than a barnyard.

Perhaps you consider yourself an oracle,

Mouthpiece of the dead, or of some god or other.

Thirty years now I have labored

To dredge the silt from your throat.

I am none the wiser.

아교 냄비와 소독액 통을 들고 작은 사닥다리를 기어올라

전 잡초만 무성한 당신의 너른 이마를 슬퍼하면서

개미처럼 기어다녀요,

거대한 두개골 판(板)을 수선하고

민둥민둥한 흰 고분(古墳) 같은 당신의 눈을 청소하려고.

오레스테스* 이야기에 나오는 푸른 하늘이

우리 머리 위에 아치 모양을 이루어요. 오 아버지, 혼자만

으로도

당신은 로마의 대광장(大廣場)처럼 힘차고 역사적이에요.

전 까만 삼(杉)나무 언덕 위에서 도시락을 폅니다.

홈이 파인 당신의 뼈와 아칸서스 잎 모양의 머리칼은

옛날처럼 어수선하게 지평선까지 널려 있어요.

그렇게 황폐하게 되려면

벼락 한 번만으론 부족할 거예요.

* 희랍 신화에 나오는 아가멤논과 클리템네스트라의 아들로, 어머니를 죽인 죄로 복수의 여신들에 의해 쫓겨났음.

Scaling little ladders with glue pots and pails of Lysol

I crawl like an ant in mourning

Over the weedy acres of your brow

To mend the immense skull-plates and clear

The bald, white tumuli of your eyes.

A blue sky out of the Oresteia

Arches above us. O father, all by yourself

You are pithy and historical as the Roman Forum.

I open my lunch on a hill of black cypress.

Your fluted bones and acanthine hair are littered

In their old anarchy to the horizon-line.

It would take more than a lightning-stroke

To create such a ruin.

밤마다 전 바람을 피해
양(羊)의 뿔 모양을 한 당신의 왼쪽 귓속에 쭈그리고 앉아

붉은 별들과 자줏빛 별들을 헤아린답니다.
태양은 기둥 같은 당신의 혀 밑에서 떠올라 와요.
제 시간은 그림자와 결혼했어요.
이제 전 더 이상 선착장의 얼빠진 돌에
배의 용골이 긁히는 소리엔 귀 기울이지 않아요.

Nights, I squat in the cornucopia
Of your left ear, out of the wind,

Counting the red stars and those of plum-color.
The sun rises under the pillar of your tongue.
My hours are married to shadow.
No longer do I listen for the scrape of a keel
On the blank stones of the landing.

"아버지, 아버지…… 씹새끼, 너는 입이 열이라도 말 못해"
(「그해 가을」)라고 아버지와 아버지의 이름으로 상징되는 것들을
향해 막장 대거리를 했던 1980년대 이성복의 시는 쇼킹했다. 한
데 이보다 20여 년 전 "아빠, 아빠, 이 개자식, 이젠 끝났어."(「아
빠」)라고 절규했던 미국의 여성 시인 실비아 플라스가 있었다.
귀엽고 친근한 실비아의 '아빠(daddy)'라는 시어는, 아버지와 남
편 그리고 전쟁과 폭력의 원흉 나치와 그녀의 일상을 옭아맸던
남성 중심의 가부장적 사회질서를 거느리고 있다. 두 번의 자살
미수에 이어 세 번째 시도한 자살이 성공했을 때 실비아가 죽었
던 것은 그녀 자신만이 아니라 세상 모든 '아빠'들이기도 했다.
  아름다운 금발의 유망한 미국 여성 시인과 핸섬한 당대 최고
의 영국 시인 테드 휴스와의 결혼은 현대 영미문학계 최고의 로
맨스였다. 여덟 살 때 돌아가신 아버지는 플라스에게 "매장된 남
성 뮤즈이자 창조주-신"과 같은 그리움과 찬양의 대상이었으나
그 아버지가 나치주의자였다는 사실은 아버지를 향한 분열적 감
정에 결정적 기여를 한다. 그런 아버지의 자리를 대신했던 남자
가 휴스였다. "나는 세상에서 가장 힘센 남자를 만났어요."(일기)
라며, 그리고 "바다의 질투 어린 공격들을/ 가르고 서 있는/ 저
장엄한 거상(巨像)도/ 당신보다 나은 게 없다./ 오 나의 사랑하는
이여……"(「어느 순수주의자에게 보내는 편지」)라며 플라스는 휴
스에게 단숨에 매혹됐다.
  "아이의 울음이// 벽안에서 녹아내린다./ 나는/ 화살이다.//

실비아 플라스

자살하듯 달리는/ 이슬, 돌진한다/ 붉은// 눈, 아침의 큰 솥 속으로"(「아리엘(Ariel)」). 이 비극의 극점에서 플라스의 삶과 작품들은 서로의 경계를 넘나들며 허구화되고 신화화되었다. 그러나 플라스의 우울증에 휴스의 외도가 더해지면서 별거와 이혼으로 이어졌다. 결국 아이들 곁에 빵과 우유를 가져다 놓은 후 가스 밸브를 열어 놓은 오븐에 서른두 살의 아름다운 금발을 묻고 자살함으로써 그들의 사랑은 참혹한 비극으로 막을 내렸다. 그녀의 짧은 생애에서 남성-뮤즈들은 상실감과 고통의 근원이었고, 평생을 벗어날 수 없는 거대한 그림자 같은 존재였다. 마치 거상과도 같은.

이 「거상」을 이해하기 위해서는 제목의 '콜로서스'와 4연의 '오레스테스'에 대한 이해가 필요하다. 콜로서스에는 '거대한 상'이라는 사전적 의미가 있지만 일반적으로는 고대 그리스 로도스 섬의 거상을 지칭한다. 36미터에 달하는 청동 아폴로 상으로 BC 224년 지진으로 쓰러져 방치되다가 잔해마저 사라져 버린 전설의 거상이다. 한 발은 섬을, 다른 한 발은 방파제를 딛도록 세워져 배들이 이 거상의 다리 사이를 지나다녔다고 전한다. 『오레스테이아』역시 고대 그리스 극작가 아이스킬로스의 비극이다. 트로이 전쟁에서 승리한 아가멤논이 트로이 공주이자 포로인 카산드라를 데리고 귀환하자 아가멤논의 아내는 그 둘을 죽인다. 이에 아가멤논의 아들 오레스테이아가 아버지 무덤에 자신의 머리카락을 잘라 바치며 복수를 다짐한 후, 죽은 아들의 뼛조각을 가지고 온 나그네로 위장해 어머니를 살해한다. 시 속에 등장하는 "홈이 파인 당신의 뼈"와 "머리칼"은 아버지의 복수를 위한 상징적 이미지다. 물론 파괴된 거상의 이미지이기도 하겠지만.

"친숙한 아버지 숭배 소재. 그러나 다른. 더 오싹한"(일기)이라는 시작 메모에서도 알 수 있듯 이 시에는 '당신'으로 불리는 거상, 즉 플라스의 남성-뮤즈에 대한 대립되고 모순된 감정이 투사되고 있다. '당신'은 지금 로도스 섬의 거상처럼 파괴되어 복원 불가능하다. 이을 수도, 꿰맞출 수도 없는 그 거상의 입에서는 엄숙한 신탁이 아니라 비천한 가축들의 시끄러운 울음소리가 나온다. 가축들과 부엌 용품에 둘러싸인 시적 공간을 통해 '나'와 '거상'이 딸과 아버지 혹은 아내와 남편의 관계로 해석될 수 있음을 암시하는데, 개미에 비유되는 나는 30년간이나 거상의 목구멍 찌꺼기를 긁어내는 것은 물론 파괴된 거상을 잇고 짜맞추고 청소하고 수선해 온 것이 전부였다고 토로한다.

그러나 여전히 '나'는, 풍요와 남성성을 상징하는 "양의 뿔 모양을 한 당신의 왼쪽 귀"에 앉아 어둠 속에서 당신의 분신인 붉은 별, 자두색 별을 센다. '당신'을 상징하는 태양이 기둥 같은 거상의 혀 밑에서 솟아오르는 것도 의미심장하다. 당신은 내게 '말씀'으로 상징되는 세상의 법이자 질서였을 것이다. 어쨌든 태양이 떠오르면 '당신'의 거대한 그림자가 드리워지고 개미만 한 '나'는 그 그림자에서 헤어날 수가 없다. "제 시간은 그림자와 결

혼했어요."라는 구절이 절박하게 느껴지는 이유다. 그러고는 이
제 더 이상 거상의 다리나 선착장에 배의 용골이 긁히는 소리에
신경 쓰지 않겠다고 다짐한다. "용골이 긁히는 소리"는 결혼, 출
산, 육아, 별거, 이혼, 자살에 이르는 플라스와 휴스의 잡다한 갈
등들을 떠오르게 한다.

　기네스 펠트로 주연의 영화 「플라스」는 비스듬히 누운 플라스
의 얼굴이 클로즈업되고 독백처럼 그녀의 시 "죽는 것은/ 하나
의 예술이지요, 만사가 그렇듯./ 난 그걸 특히 잘 해내요."(「라자
로 부인」)가 낭독되면서 시작한다. 그리고 붉은 천을 씌운 관 하
나가 현관을 나오는 것으로 끝이 난다. "1963년 2월 11일 실비
아 플라스는 자신의 부엌에서 가스를 마시고 자살했다."로 시
작하는 프롤로그와 함께. 문득 단말마와 같았던 그의 시구절들
이 떠오른다. "꽃피는 달은 끝났어요", "제 이름을 알려 주세요",
"난 길을 잃었어요, 길을 잃었어요", "사랑이란 내 저주의 뼈와
살이지요"(「생일을 위한 시」)…….

나를 사랑하는 노래

이시카와 다쿠보쿠

1

동해 바다의 자그만 갯바위 섬 하얀 백사장
나는 눈물에 젖어
게와 벗하고 있네

모래언덕의 모래에 배를 깔고
첫사랑 아픔
수평선 저 멀리 아련히 떠올리는 날

촉촉이 흐른
눈물을 받아 마신 해변의 모래
눈물은 이다지도 무거운 것이런가

我を愛する歌

石川啄木

1

東海の小島の磯の白砂に

われ泣きぬれて

蟹とたはむる

砂山の砂に腹這ひ

初戀の

いたみを遠くおもひ出づる日

しつとりと

なみだを吸へる砂の玉

なみだは重きものにしあるかな

6

새로 산 잉크병 마개 열고 나니
신선한 냄새
굶은 배 속 스미어 슬픔 자아내누나

일을 하여도
일을 해도 여전히 고달픈 살림
물끄러미 손바닥 보고 또 보고 있네

어느 날 문득
술 마시고 싶어서 못 견뎌하듯
오늘 나는 애타게 돈을 원하고 있네

서글프게도
머릿속 깊은 곳에 절벽이 있어
날마다 흙더미가 무너져 내리는 듯

6

新しきインクのにほひ

栓 抜けば

餓ゑたる腹に沁むがかなしも

はたらけど

はたらけど猶わが 生 活樂にならざり

ぢつと手を見る

とある日に

酒をのみたくてならぬごとく

今日われ切に金を欲りせり

かなしくも

頭のなかに崖ありて

日 毎に土のくづるるごとし

7

어느 날의 일
방문의 창호지를 새로 바르니
그날은 그것으로 마음 평온하였네

새로워지는 내 마음 찾고 싶어
이름 모르는
이 거리 저 거리를 오늘도 헤매었네

친구가 모두 나보다 훌륭하게 보이는 날은
꽃 사 들고 돌아와
아내와 즐겼노라

7

ある日のこと

室の障子をはりかへぬ

その日はそれにて心なごみき

あたらしき心もとめて

名も知らぬ

街など今日もさまよひて來ぬ

友がみなわれよりえらく見ゆる日よ

花を買ひ來て

妻としたしむ

이시카와 다쿠보쿠! 그 이름을 나는 '일본 속의 또 다른 일본', '중심 속의 타자화된 변방'으로 기억한다. "나는 안다, 테러리스트의/ 슬픈 마음을―"(「코코아 한 잔」)로 시작하는 시는 1909년 10월 26일 하얼빈 역에서 이토 히로부미 가슴에 권총 세 발을 발사한 후 "대한 만세"를 외쳤던 식민지 지식인, 열사 안중근의 마음에 닿아 있다. 차갑게 식어 버린 코코아 한 모금의 씁쓸한 뒷맛이 '테러리스트'의 슬픈 마음이라니! "세계지도 위 이웃의 조선 나라/ 검디검도록/ 먹칠하여 가면서 가을바람 듣는다"(「9월 밤의 불평」)라는 시 또한, 1910년 8월 29일 일본이 한일 강제 병합을 발표하면서 새빨갛게 칠한 조선의 지도를 신문에 보도한 것을 보고 읊었다고 한다. 명치 43년 그러니까 1910년의 가을을 그는 이렇게 노래했던 것이다. "누가 나에게 저 피스톨이라도 쏘아 줬으면/ 이토 수상처럼/ 죽어나 보여 줄걸"이라는 뒤 구절에서도 알 수 있듯 이 시 역시 안중근의 마음을 가늠하고 있다.

　　일본의 국민 시인 다쿠보쿠는 우리의 소월과도 같다. "나의 노래는 슬픈 장난감"이라고 노래했듯 다쿠보쿠는 일본인들의 보편적 정서와 애한(哀恨)을 단가(短歌)라는 일본 전통 시가 형식으로 읊곤 했다. 가난과 불화와 고독에 시달리던 그는 폐결핵으로 26년 2개월의 짧은 삶을 살다 갔다. 그의 어머니를 비롯해 아내와 두 딸들까지 모두 폐결핵으로 죽었다는 것 또한 시대적 저주에 가깝다. 승려의 아들로 태어나 반항과 연애와 이른 결혼으로 요동쳤던 10대, 방랑과 빈곤과 객혈 그리고 요절로 끝났던

20대, 그렇게 짧은 생을 관통했던 낭만적 이상과 혁명에의 갈망 등으로 요약되는 극적인 삶은 그의 시를 더욱 웅숭깊게 하였다. 우리의 백석 시인은 백기행이라는 자신의 본명 대신 다쿠보쿠의 성(姓)인 이시카와(石川)에서 '石'을 따와 필명으로 삼았을 만큼 그의 시를 좋아했다고 한다. 다쿠보쿠 또한 하지메(一)라는 본명 대신 '딱따구리'(탁목, 啄木)라는 뜻의 필명을 썼다.

「나를 사랑하는 노래」에서 초록(秒錄) 번역된 것 중 1, 6, 7번 시를 소개한다. 1번은 1908년에 발표했던 시다. 여기서 "동해" 는 일본 동쪽 바다로, 소설가로서의 야망이 좌절되고 원고를 쓰려고 해도 종이와 잉크마저 없는 극한 상황에서 죽음을 생각하며 찾아갔던 하코다테의 아오모리 해변으로 추정된다. 백사장에서 작은 게들이 기어가는 모습을 보다가 자살을 잊고 돌아와 쓴 시라 한다.

"사람들 모두/ 똑같은 방향으로 가고들 있다/ 그 모습을 옆에서 보고만 있는 나"(「슬픈 장난감」), "갈 길 모르면서, 지쳐 헤매어/ 더듬어 가는 것"(「게에게」)에서처럼 그의 시에서 게의 이미지는 자주 반복된다. 바닷물이 밀려들면 모래(뻘) 속으로 기어들고 바닷물이 빠져나가면 모래(뻘) 속에서 기어 나와 온종일 옆으로만 걷고 있는 게는 시인 자신이자 우리들의 자화상이다. 해변의 모래가 눈물을 받아 마셔 그리 무겁다는 것을, 눈물에 젖은 모래 위를 오가기에 바다가 그리 짜다는 것을 깨닫게 해 주는 시다. 그렇게 눈물에 젖은 것들은 옆으로 걸을 수밖에 없다는 것도, 옆으로 걷는 것들끼리는 쉽게 친구가 될 수 있다는 것도.

"담배 살 돈도 없고 원고지도 다했다. 물론 하숙비도 지불하지 못했다. (……) 내일부터 뭔가 쓰려 해도 종이가 없다. 잉크도 적다."(4일), "긴다이치 군이 옷을 전당 잡혀 12金을 꾸어 주었다!"(11일), "긴다이치 군이 또 5엔을 꾸어 주었다."(12일), "긴다이치 군에게 20전 빌려 세타가야에 갔다."(28일) 등등. 1908년 6월의 일기는 다쿠보쿠가 얼마나 궁핍했는지를 보여 준다. 고향 선배 긴다이치가 자신의 옷을 전당포에 맡기고 빌려 준 이런 절박한 돈을 그는 목련꽃과 꽃병을 사는 데 써 버리기도 한다. 그러고는 스스로를, 어떤 구멍에 갖다 맞추려 해도 적합하지 않는 쓸모없는 열쇠 같은 인간이라며 자조한다. 6번의 시에서 "일을 하여도/ 일을 해도 여전히 고달픈 살림/ 물끄러미 손바닥 보고 또 보고 있네"와 같은 빛나는 구절은 이런 삶의 바닥에서 빚어낸 진주였던 셈이다. 또한 "머릿속 깊은 곳에 절벽이 있어/ 날마다 흙더미가 무너져 내리는 듯"하다니!

다쿠보쿠는 "세상에 가장 귀한 것이 세 개 있다. 하나도 어린아이의 마음, 둘도 어린아이의 마음. 셋도 어린아이의 마음. 아! 태어난 그대로 죽는 사람이야말로 이 세상에서 가장 훌륭한 사람일 것이다."라며, 어린아이의 마음을 참되고 아름다운 최상의 것으로 꼽은 바 있다. 눈 밝은 독자들이라면 이미 눈치챘겠으나, 그의 시는 마음의 지도다. 그가 "시는 이른바 시여서는 안 된다. 인간 감정 생활(좀 더 적당한 말이 있으리라 생각되지만)의 변화에 대한 엄밀한 보고, 정확한 일기이지 않으면 안 된다."라고 했을 때 그 '감정 생활'의 단편적인 '보고'나 '일기'란 곧 "이 거리 저 거리를 오늘도 헤매"는 마음의 기록이다. "친구가 모두 나보다 훌륭하게 보이는 날은/ 꽃 사 들고 돌아와/ 아내와 즐겼노라"라 는 7번 시의 구절은 차가운 거리를 헤맸던 어느 날에 대한 마음 의 보고이자 일기다. 그 어느 날은 아마 잊고 싶고 위로받고 싶 은 마음이었으리라.

　'나를 사랑하는 노래'라는 시의 제목은 드높다. 1894년의 청 일전쟁, 1905년의 러일전쟁, 1910년의 대역(大逆)사건과 한일 강제 병합 등 역사적 변혁기를 살았던 다쿠보쿠에게 이 제목은 고독한 인간 실존의 맑고 꼿꼿한 선언과도 같다. 진정한 의미를 상실한 채 옆으로 옆으로 휩쓸렸던 광포한 '폐색의 시대'에, 스 스로를 세우며 스스로를 지키며 스스로를 울력하려 했던 그 마 음의 자리가 '외롭고 높고 쓸쓸하다.'

희망은 날개 달린 것

에밀리 엘리자베스 디킨슨

희망은 날개 달린 것
영혼의 횃대에 걸터앉아,
가사 없는 곡조를 노래하네
결코 그칠 줄 모르고,

모진 바람이 불 때 더욱 감미롭고,
참으로 매서운 폭풍만이
많은 이들의 가슴을 따뜻이 감싸 주었던
그 작은 새를 당황하게 할 수 있을 뿐.

나는 아주 추운 땅에서도,
아주 낯선 바다에서도 그 노래를 들었네,
허나, 아무리 절박해도, 희망은 결코,
내게 빵 한 조각 청하지 않았네.

* 디킨슨은 시에 제목을 붙이지 않았다. 작품 번호로 통용되고 있으나 번역 시의 경우 보통 첫
구절을 제목으로 삼고 있다.

Hope is the Thing with Feathers

EMILY ELIZABETH DICKINSON

Hope is the thing with feathers
That perches in the soul,
And sings the tune without the words,
And never stops at all,

And sweetest in the gale is heard;
And sore must be the storm
That could abash the little bird
That kept so many warm.

I've heard it in the chilliest land,
And on the strangest sea;
Yet, never, in extremity,
It asked a crumb of me.

Hope! Hope! 하면, 어쩐지 뛰어야만 할 것 같다. 어릴 적 예쁜 무용 선생님이 작은 봉을 들고 홉 앤 스텝, 홉! 홉! 하면, 우리는 가볍게 껑충껑충 뛰곤 했다. 뛰어 오르는 용수철처럼 그렇게 뛰다 보면, 우리들 겨드랑이에 날개가 돋을 것도 같았다. 한데 희망! 희망! 하면, 무언가 차오르고 고이는 느낌이다. 희망, 희망, 할수록 자꾸 가라앉는 것만 같다. 어쩐지 길고 무겁다.

그래서일까. 희망은 내게 땀방울과 핏방울을 세며 자라는 독하고 모진 것이다. 희망을 바라고 선 영혼이 때때로 수건을 싸쥐거나 붕대를 싸매야 하는 까닭이다. 더러는 너무 오래 쳐다보다 눈이 멀기도 한다. 그래도, 그럼에도 불구하고 희망은 우리에게 젖이나 눈물처럼 따뜻하고 부드러운 것이다. 쓰러지고 지친 영혼을 먹여 살리고 어루만져 주기도 하고, 세상 어떤 칼이나 화살도 받아 낼 수 있는 넉넉한 품과도 같다. 그러기에 우리는 희망 없이 살 수 없고, 희망 없이는 다시 일어설 수도 없다. 그러니, 홉! 처럼 뛰어오르는 우리들의 희망, Hope!

디킨슨에게 희망은 영혼에 깃들어 사는 한 마리 새와 같다. 희망에 날개가 있으니, 희망은 저리 자주 뛰어오르고 또 날기도 하는 것이리라. 그런 희망의 새는 그치지 않는 노래를 부른다. 노랫말이 없는, 언어 이전이나 언어 너머에서 터져 나오는 노래이기 때문에 그치지 않는 것이리라. 그러니까 육성(肉聲) 그 자체가 노래가 되는 구음(곡조) 같은 것들, 혹은 영혼에서 터져 나와 비상(飛翔)하는 침묵이나 비명 같은 것들! 그 희망의 새는 거대한 폭풍에 잠시 주춤할 뿐, 힘든 상황일수록 더욱 감미로운 노래를 부른다. 그 그치지 않는 희망의 노래를, 어떠한 역경 속에서도 지치지 않고 듣고 있었다. 하나 희망은 늘 너무 멀리 있곤 했다. 디킨슨은 희망에 절망했다.

디킨슨은 이렇듯 '지칠 줄 모르는' 희망의 시인이자 사랑의 시인이다. 그래서일까. 그녀의 유명한 시들은 죽음과 절망과 광기를 노래한 시들이 더 많다. 사실 고독과 불행과 고통은 그녀 삶의 동반자였다. "영혼이 그 자신에게 허락한/ 저 극지(極地)의 사생활", 그러한 삶을 시인은 "순교자 시인은 말로 하지 않았다/ 그러나 자신의 고통을 언어로 짜 넣었다"라고 했으며, "외로움이 없다면/ 더 외로워지리라"라고 노래하면서 은둔의 삶 속으로 빠져들었다. "광기야말로 가장 신성한 지각입니다./ 분별력 있는 눈에게,/ 지각은 순수한 광기입니다."나 "소박하게 더듬거리는 말로/ 인간의 가슴은 듣고 있지/ 허무에 대해—/ 세계를 새롭게 하는/ 힘인 〈허무〉—"라는 시들처럼, 광기와 허무를 예찬하기도 했다. 문학평론가이자 잡지 편집장이었던 히긴슨에게 쓴 편지에 "나는 공포에 사로잡혀 있었지요. 그러나 어느 누구에게도 말할 수 없었습니다. 두려웠기에 나는 노래했지요, 소년이 장례식 무덤가에서 노래하듯이."라고도 썼다.

사진 찍는 걸 거부했던 탓에 유일하게 남아 있는 은판 사진 한 장을 통해 우리는 디킨슨의 모습을 추억할 수 있다. 1847년에 제작된 사진이라니 아마 디킨슨이 열일곱 살 때인 듯하다. 하얀 주름 칼라가 강조된 빅토리아풍 드레스에 짙고 숱 많은 머리 또한 흐트러짐 없이 단정하다. 그러나 자세히 들여다보면, 겁먹은 듯 긴장한 소녀의 얼굴 속에는 장난기를 감춘 듯한 소년의 얼굴이 오버랩되어 있다. 수줍고 솔직한 듯하면서도 고집 세고 위악적인 듯하다. 고독해 보이면서도 무심해 보인다. 그녀의 사진을 요구한 히긴슨에게 보낸 편지에서 그녀는 스스로를 이렇게 묘사했다. "그런 거 없다는 내 말을 믿으시겠어요? 난 지금 사진을 갖고 있지 않아요. 하지만 나는 굴뚝새처럼 작고 내 머리카락은 밤나무 가시처럼 뻣뻣하고 내 눈은 손님이 마시다 남기고 간 갈색 셰리 포도주 같아요. 이거면 설명이 충분히 되겠어요?"

부유하고 명망 높은 가문에서 태어나 55년 5개월 5일을 살다 간 시인, 사랑에 눈뜰 무렵 시력을 잃기 시작한 시인, 젊어서 유부남 목사를 사랑했으나 평생을 독신으로 살아 '애머스트(그녀가 살던 곳의 지명)의 수녀'라 불렸던 시인, 33년 3개월 3일(확인할 수는 없지만 그러했을 것만 같다!)쯤을 흰옷만 고집한 채 아버지의 장례식 참석을 위해 집 밖을 나서는 것조차 거부하며 은둔해 살았던 시인, 정원 가꾸기와 화초 재배는 전문가 수준이었으며 사전이 생의 유일한 동반자였던 시인, 제목도 없는 시를 1700여 편이나 썼으되 평생 10편도 채 발표하지 못했던 시인, 그마저도 익명으로 발표했던 시인, 죽고 나서야 유고 시집으로 묶여 빛을 보게 된 시인…… 19세기 '다락방에 갇힌 여자'의 삶을 살았으며 죽은 후에 더 알려지게 된 '디킨슨 신화'를 이루는 얘깃거리다.

  무덥던 여름 끝으로 서늘하게 불어오는 바람 한 줄기처럼 혹은 꽁꽁 언 땅에서 돋아난 풀 한 포기처럼, 끝끝내 주저앉지 않는 희망, 끝내 저지르는 희망, 기필코 찾아가는 희망, 쉼 없이 만들어 가는 희망, 무한히 감염시키는 희망을 꿈꾸어 본다. 그런 희망의 모르핀이 우리들 밥상에도, 책상에도, 일터에도, 그리고 우리 사회 곳곳에 둥지를 틀기를…… 희망이 우리에게 어떠한 말도, 손짓도 건네지 않는다 하더라도, 결국 우리에게 빵 한 조각이라도 청하는 말 건넴의 손짓이기를, 함께 나눌 수 있는 따뜻한 빵 조각들이기를, 아무리 힘들어도 우리 또한 희망에게만은 빵 한 조각을 청할 수 있기를, 그 그치지 않는 희망의 노래를 잊지 않기를…….

야간 통행금지

폴 엘뤼아르

어쩌란 말인가 출입은 금지되어 있었는데
어쩌란 말인가 우리는 갇혀 있었는데
어쩌란 말인가 거리는 차단되었는데
어쩌란 말인가 도시는 정복되었는데
어쩌란 말인가 도시는 굶주려 있었는데
어쩌란 말인가 우리는 무장해제되었는데
어쩌란 말인가 밤이 되었는데
어쩌란 말인가 우리는 서로 사랑했는데.

Couvre-feu

PAUL ÉLUARD

Que voulez-vous la porte était gardée

Que voulez-vous nous étions enfermés

Que voulez-vous la rue était barrée

Que voulez-vous la ville était matée

Que voulez-vous elle était affamée

Que voulez-vous nous étions désarmés

Que voulez-vous la nuit était tombée

Que voulez-vous nous nous sommes aimés.

한 여자와 두 남자의, 기이한 그러나 아름다운, 음악과 사랑과 죽음을 그렸던 영화 「글루미 선데이」를 보면서 나는, 시인 엘뤼아르와 그의 아내 갈라 그리고 시인이자 화가인 에른스트와의 짧았던 동거를 떠올렸다. 향연 혹은 축제를 뜻하는 '갈라(Gala)'라는 이름의 이 러시아 아가씨를 엘뤼아르는 스위스의 요양원에서 만났다. 둘 다 폐결핵을 치료하기 위해 입원한 환자들이었고 엘뤼아르가 열일곱 살, 갈라가 열아홉 살이었다. 자유분방한 데다 예술적 감수성이 풍부했던 갈라는 엘뤼아르를 시인의 길로 들어서게 한 시의 뮤즈였다. 엘뤼아르에게 시는 갈라에게 전하고 싶은 사랑의 고백이자, 갈라와 나누고 싶은 사랑의 밀어였다. 그러나 갈라는, 이후 화가 달리에게 달려간다. 1929년 달리는 엘뤼아르에게 초상화를 그려 주었다. 달리가 갈라에게 매혹되었을 즈음이었다.

엘뤼아르의 시집 『침묵하지 않아서』에 수록된 "가장 어두운 눈(目) 속에서 가장 밝은 눈이 감긴다"라는 한 행의 시에 열광했던 이는 화가 마그리트였다. 마그리트는 자신이 표현하고자 했던 초현실 속의 현실, 무의식 속의 의식, 환(幻) 속의 실재라는 역설의 정수를 이 한 행의 시에서 발견했던 것이다. 사실은 다다이스트이자 초현실주의자였던 엘뤼아르의 시 세계를 집약해 놓은 구절이기도 하다. 이후 엘뤼아르는 "눈(目)의 계단들/ 형태들의 창살을 가로질러// 영원한 계단/ 존재하지 않는 휴식"(「르네 마그리트」)이라는 시를 마그리트에게 헌정했고, 마그리트는 엘뤼아르 초상화 「백마술(La magie blanche)」과 엘뤼아르의 시집 삽화 등으로 화답했다.

또한 밀란 쿤데라는 엘뤼아르 사후에 그를 줄곧 서정시 대가의 자리에 앉혀 놓곤 했다. 그러다가 "처형자와 시인이 나란히 앉아 통치한 서정시의 시대"라며 스탈린과 엘뤼아르를 겨냥해 비난의 날을 세우기도 했다. 전쟁과 폭력과 독재에 저항했던 투철한 레지스탕스였으나, 말년에는 공산주의자가 되어 스탈린 체제에 동조했던 엘뤼아르에 대한 실망이었을 것이다. 쿤데라는 역사의 무의미와, 이데올로기의 허무와, 언어의 불완전성에 대해 묻고 싶었던 것이었을까? 엘뤼아르도 죽기 몇 달 전 "가장 중요한 것은 모두 말하는 것인데 난 표현이 부족하고/ 시간이 모자라고 대담함이 부족하다/ 나는 꿈꾸고 내 안의 심상들을 되는 대로 지껄인다/ 나는 잘못 살았고 솔직하게 말하는 법을 잘못 배웠다"(「모든 것을 말하다」)라고 썼다.

"초등학교 시절 노트 위에/ 나의 책상과 나무 위에/ 모래 위에 눈 위에/ 나는 너의 이름을 쓴다"로 시작해서 무려 19연을 반복적으로 변주한 후 "그 한 마디 말의 힘으로/ 나는 내 삶을 다시 시작한다/ 나는 태어났다 너를 알기 위해서/ 너의 이름을 부르기 위해서// 자유여"로 끝맺는 「자유」는 엘뤼아르를 세계적인 시인으로 만들어 준 대표작이다. 단순한 반복 형식에, 자유를 향한 뜨거운 갈망과 지치지 않는 저항의 정신을 담아내고 있다. 초고에는 마지막 연을 '자유여' 대신 사랑의 대명사 '갈라여'라고 썼다는 시인의 시작 메모에서도 알 수 있듯, 엘뤼아르가 갈망하는 '자유'의 뿌리는 '사랑'과 한 몸처럼 이어져 있다.

「야간 통행금지」는 독일 나치의 침공으로 프랑스가 함락되었을 때 「자유」라는 시와 함께 지하에서 널리 읽힌 시다. 여덟 번에 걸쳐 반복되는 "어쩌란 말인가(Que voulez-vous)"를 되뇌노라면 그 되풀이가 미묘한 의미 변화를 일으키곤 한다. 불안과 공포 속에서 어쩌지! 하다가, 체념과 용인 속에서 어쩌겠어! 하다가, 고통과 분노 속에서 정말 어쩌라고! 하게 된다. 그러고는 그 절망을 발판 삼아 희망으로 튀어 오르며 어쩌긴? 사랑할 수 있어야지! 하게 된다.

특히 마지막 행에서 보여 준 시제의 반전이 "어쩌란 말인가"의 의미를 더욱 풍성하게 만드는 일등 공신이다. 위의 행들과 동일하게 반과거 시제로 '사랑하고 있었는데(nous nous aimions)'라고 하지 않고, 왜 복합과거의 시제로 '사랑했는데(nous nous sommes aimés)'라고 했을까? '사랑하고 있었는데'라고 끝냈다면 감시받고 감히고 무장해제되었던 상황과 동일한 맥락을 형성해, 사랑했던 과거 사실과 상황에 대한 있는 그대로의 표현이 되었을 것이다. '사랑했는데'라고 썼기 때문에 사랑의 지속성이 강조되고, 이 불가능한 지금-여기의 상황과 이 불행한 상황에 저항해 진행형의 사랑을 복원하려는 의지가 강조된다.

"인간은 서로 화합하기 위해 태어났다/ 서로 이해하고 서로 사랑하기 위해" 태어났기에, "그대가 와서 고독은 무너졌으며/

나는 지상의 안내자를 갖게 되어 내 갈 길을/ 알게 되었다 궤도를 이탈하리라는 것을/ 앞으로 나아갔으며 공간과 시간은 넓어졌다"(「죽음, 사랑, 삶」)라고 노래하는 시인 엘뤼아르! '인간'과 '그대'가, '화합'과 '이해'와 '사랑'이, 그리고 '안내'와 '이탈'과 '나아감'이 그에게는 모두 동의어였다. 사랑으로 인해 길을 찾고 앞으로 나아가며 더불어 연대하는 것, 그것이 그가 평생을 꿈꾸며 실천했던 '죽음, 사랑, 삶'이었고, '자유'의 본질이었다. 엘뤼아르에게 이 "지구가 오렌지처럼 푸른"(「사랑, 시」) 까닭일 것이다.

호수의 섬

에즈라 루미스 파운드

　　오 신이여, 비너스여, 도둑 떼의 신 머큐리여,
간청하노니, 내게 주소서. 조그만 담배 가게를,
선반들에 가지런히 쌓여 있는
　　　　작고 반짝이는 상자들과 함께,
묶이지 않은 향기로운 씹는담배와
　　　　독한 살담배와
반짝이는 유리 진열장 아래 흩어진
　　　　반짝이는 버지니아담배가 있고,
너무 번들거리지 않는
　　　　천칭 저울도 하나쯤 있는,
잠시 머리를 매만지며, 버릇없는 말로
한두 마디 수작을 거는 매춘부들도 있는.

　　오 신이여, 비너스여, 도둑 떼의 신 머큐리여,
조그만 담배 가게를 빌려 주거나
　　　　아니면 다른 일자리라도 주소서,

The Lake Isle

EZRA LOOMIS POUND

O God, O Venus, O Mercury, patron of thieves,
Give me in due time, I beseech you, a little tobacco-shop,
With the little bright boxes
    piled up neatly upon the shelves
And the loose fragrant cavendish
    and the shag,
And the bright Virginia
    loose under the bright glass cases,
And a pair of scales
    not too greasy,
And the whores dropping in for a word or two in passing,
For a flip word, and to tidy their hair a bit.

O God, O Venus, O Mercury, patron of thieves,
Lend me a little tobacco-shop,
    or install me in any profession

쉴 새 없이 머리를 써야 하는

이 빌어먹을 글 쓰는 일만 아니라면.

Save this damn'd profession of writing,

where one needs one's brains all the time.

에즈라 파운드 하면 '장신(長身)의 백발'이 떠오르고, '장신의 백발' 하면 김종삼 시인이 쓴 「백발의 에즈라 파운드」라는 시가 떠오른다. "심야의/ 성채(城砦)/ 덩지가 큰 날짐승이 둘레를 서서히/ 떠돌고 있다/ 가까이 날아와 멎더니/ 장신의 백발이 된다/ 에즈라 파운드이다/ 잠시 후 그 사람은 다른 데로 떠나갔다"라는 짧은 시다. 이 시 때문일까. 에즈라 파운드는 내게 '심야의 성채'처럼 견고한 지성과 '덩치가 큰 날짐승'처럼 강력한 에너지가 소용돌이치는, 남성적이고 도전적인 시인으로 기억된다.

　　동시대 문인들 또한 파운드를 일컬어 '예측할 수 없는 전류 다발', '20세기 시의 혁명의 주체', '문학의 트로츠키', '고독한 화산'이라 했다. 조이스, 엘리엇, 루이스, 예이츠를 비롯해 어니스트 헤밍웨이나 로버트 프로스트 등이 파운드의 문학적 지지와 배려 속에서 대가로 성장했으며, 특히 엘리엇의 장시 「황무지」가 그에 의해 대담하게 수정되었다는 것은 잘 알려진 사실이다. '이미지스트'라는 명칭을 처음 사용하는 등 이미지즘을 주창했으며, 20세기 초 모더니즘 예술운동의 젖줄이었던 '보티시즘(소용돌이주의, vorticism)'의 이론적 토대를 마련했다. 중국 한시와 일본 하이쿠를 번역 소개했으며 그 영향을 받아 새로운 시 형식을 모색하기도 했다.

　　이렇듯 파운드는 20세기 시단에 강력한 영향을 끼쳤다. 그러나 1941년 즈음 정치에 개입하면서부터 불우한 삶을 살았다. 그는 신용 자본주의(특히 이자)에 반대했기에 반유대주의로 나아갔으며, 나아가 무솔리니의 파시즘적인 사회정책을 부분적으로 지지하게 되었다. 결국 2차 세계대전 중 이탈리아 라디오 방송에서 친파시즘적이고 반유대적인 발언을 했다는 이유로 전쟁이 끝난 1945년 미국 정부에 의해 반역죄로 체포되었다. 정신이상 범죄자라는 판정을 받아 사형은 면했으나 워싱턴에 있는 성엘리자베스 병원에 수용되어 위탁 치료를 받다가, 미국과 유럽 등지에서 파운드 석방 운동이 일어나 1958년 봄에 반역죄 기소가 기각되었다. 석방된 파운드는 이탈리아로 망명해 여든일곱 번째 생일을 이틀 넘기고 베네치아에 있는 성존앤드폴 병원에서 고단한 생애를 마쳤다. 신화와 역사와 문화를 아우르는 모더니즘 대서사시 『칸토스』를 평생에 걸쳐 집필했으며 수감 중이던 1948년에는 『피사 칸토스』로 볼링겐 상 첫 회 수상자가 되었다.

파운드의 「호수의 섬」은, "나 일어나 이제 가리, 내 고향 이니스프리로 돌아가리,/ 거기 외줄기 엮어 진흙 바른 작은 오두막 짓고/ 아홉 이랑 콩을 심고, 꿀벌 통 하나 두고/ 벌 떼 잉잉거리는 숲 속에 홀로 살리"로 시작하는 예이츠의 시 「이니스프리 호수」를 패러디하고 있다. 예이츠는 어린 시절 이 호수의 섬에서 아버지와 함께 지낸 적이 있었다고 한다. 아일랜드 태생인 예이츠에게 '이니스프리 호수의 섬'은 고향 혹은 조국의 대명사이고, 자연 그 자체이자 행복한 유년의 상징이었다.

1910년을 전후한 파운드의 초기 시에 예이츠는 중요한 영향을 미쳤으며 둘의 관계 또한 돈독했다. 미국 시인 파운드가 스무 살 위인 영국 아일랜드 시인 예이츠의 비서 역할을 했고, 예이츠의 아내가 파운드 아내의 사촌이기도 했다. 그러나 둘의 사이는 문학적·정치적으로 점차 벌어지게 되었다. 「호수의 섬」에서 파운드는 제목, 시행의 배열 및 리듬에서 예이츠를 모방하면서도 주제에서는 그와 대조를 이룬다. 예이츠가 「이니스프리 호수」에서 목가적인 '이니스프리'를 동경했던 것과 달리, 파운드는 복잡하고 살벌한 도시 한가운데 떠 있는 '조그만 담배 가게'를 해학적으로 동경한다.

특히 파운드는 아름다움의 여신 비너스와, 신들의 사자이며 웅변·직공·상인·도적의 수호신인 머큐리를 호명함으로써 현대성의 상징이 여성, 물질, 지식임을 천명하고 있다. 그가 애연가였음은 분명하다. 조그만 담배 가게, 그것도 그 안에 씹는담배나 살담배(칼로 썬 담배)나 버지니아담배(버지니아 주에서 나는 담배) 등 온갖 종류의 담배와 담배를 재는 저울, 그리고 담배 피우는 매춘부들을 간청하는 데서도 알 수 있다. 니코틴에 대한 몽상은 "나의 안개에 싸인 여왕,/ 니코틴, 하이얀 니코틴, 그대는/ 그대 머릿속에 광휘를 띠고 말을 달려/ 우리의 꿈속 옆길을/ 그대의 큰길로 삼네."(「니코틴」)와 같은 시에서도 변주된다. "쉴 새 없이 머리를 써야 하는/ 이 빌어먹을 글 쓰는 일"에 매달려 사는 파운드에게 담배와 담배 가게는 가장 도시적이고 현실적인 '이니스프리'였던 것이다. 담배를 통해 사실은 글쓰기의 고통과 지식인의 고뇌를 역설하고 있다.

    김종삼의 「백발의 에즈라 파운드」는, 파운드의 가장 잘 알려
진 단 두 행의 시 "군중 속에서 환영처럼 나타난 얼굴들,/ 젖은,
검은 가지 위의 꽃잎들."(「지하철역에서」)이라는 시를 닮았다. 파
리의 콩코르드 지하철역에서 내렸을 때 파운드의 시야에 들어왔
던 아름답고 환한 얼굴들에 대한 감정과 의미를 표현한 시라고
한다. 30행의 시를 하이쿠 형식을 빌려 단 두 줄로 압축해 놓음
으로써 '군더더기 없는 시각적 이미지'와 '정확한 표현'을 기치
로 내세웠던 이미지즘 시의 미학을 구현하고 있다. 김종삼 또한
그러한 파운드의 시학에 기초해 성채와 날짐승, 그리고 백발의
장신으로 파운드를 이미지화한 것이리라. 파운드도 김종삼도 군
중 속에서 환영처럼 나타나 젖은 가지 위의 꽃잎처럼 사라지고
없지만.

서정시를 쓰기 힘든 시대

베르톨트 브레히트

나도 안다, 행복한 자만이
사랑받고 있음을, 그의 음성은
듣기 좋고, 그의 얼굴은 잘생겼다.

마당의 구부러진 나무가
토질 나쁜 땅을 가리키고 있다. 그러나
지나가는 사람들은 으레 나무를
못생겼다 욕한다.

해협*의 산뜻한 보트와 즐거운 돛단배들이
내게는 보이지 않는다. 내게는 무엇보다도
어부들의 찢어진 어망이 눈에 띌 뿐이다.
왜 나는 자꾸
40대의 소작인 처가 허리를 꼬부리고 걸어가는 것만 이
야기하는가?
처녀들의 젖가슴은
예나 이제나 따스한데.

* 스웨덴과 덴마크 사이의 해협.

Schlechte Zeit für Lyrik

BERTOLT BRECHT

Ich weiß doch: nur der Glückliche
Ist beliebt. Seine Stimme
Hört man gern. Sein Gesicht ist schön.

Der verkrüppelte Baum im Hof
Zeigt auf den schlechten Boden, aber
Die Vorübergehenden schimpfen ihn einen Krüppel
Doch mit Recht.

Die grünen Boote und die lustigen Segel des Sundes
Sehe ich nicht. Von allem

Sehe ich nur der Fischer rissiges Garnnetz.
Warum rede ich nur davon
Daß die vierzigjährige Häuslerin gekrümmt geht?
Die Brüste der Mädchen
Sind warm wie ehedem.

나의 시에 운을 맞춘다면 그것은
내게 거의 오만처럼 생각된다.

꽃피는 사과나무에 대한 감동과
엉터리 화가*에 대한 경악이
나의 가슴속에서 다투고 있다.
그러나 바로 두 번째 것이
나로 하여금 시를 쓰게 한다.

* 히틀러를 지칭함.

In meinem Lied ein Reim

Käme mir fast vor wie Übermut.

In mir streiten sich

Die Begeisterung über den blühenden Apfelbaum

Und das Entsetzen über die Reden des Anstreichers.

Aber nur das zweite

Drängt mich, zum Schreibtisch.

"그녀가 죽었을 때, 사람들은 그녀를 땅속에 묻었다/ 꽃이 자라고 나비가 그 위로 날아간다……/ 체중이 가벼운 그녀는 땅을 거의 누르지도 않았다/ 그녀가 이처럼 가볍게 되기까지, 얼마나 많은 고통을 겪었을까!"(「나의 어머니」), 이처럼 가볍게 되기까지, 이처럼 가볍게 되기까지…… 몇 해 전 가을 잎들이 내려앉기 시작하는 땅에 아버지를 묻어 드리고 올 적에 나는 브레히트의 이 시를 생각했다. 180센티미터를 밑돌던 아버지는 돌아가시기 직전 47킬로그램이셨다. 브레히트의 시에는 이처럼, 절박한 현실 속에서 다시 부르게 하는 힘이 있다.

1933년 2월 28일 브레히트는 가족과 함께 독일을 떠난다. 히틀러가 그를 정치사상범으로 몰아 체포 대상자 명단에 올렸기 때문이다. 그리고 체코, 오스트리아, 스위스, 덴마크, 핀란드, 모스크바, 미국, 스위스, 동독으로 이어지는 15년간의 망명 생활이 시작되었다. 브레히트 자신의 표현대로 "구두보다도 더 자주 나라를 바꿔 가며", 이 나라에서 저 나라로 전전하는 동안 그의 문학은 강철처럼 단련되곤 했다. 나치즘이 초래한 학살과 전쟁의 시대를 '살아남기 위한' 브레히트의 생존력은 놀라웠다. 할리우드에 팔아먹을 영화 대본을 쓰기도 했고 스탈린을 찬양하는 시를 쓰기도 했다. 탈출하듯 뉴욕을 떠날 때 그는 묘비명 같은 시 한 편을 남겼다. "호랑이를 피해 달아나니/ 빈대들에게 뜯기게 되었네./ 평범한 것들이/ 나를 먹어 치우고 말았네."

미국에 망명할 즈음에 쓴 「사상자 명부」라는 시에서 브레히트는 죽은 동료들의 이름을 애도하듯 부르고 있다. 모스크바에서 병사한 슈테핀, 스페인 국경에서 자살한 벤야민, 베를린 시대의 영화감독 콕흐…… "오직 운이 좋았던 덕택에/ 나는 그 많은 친구들보다 오래 살아남았다. 그러나 지난밤 꿈속에서/ 이 친구들이 나에 대해서 이야기하는 소리가 들려왔다./ 〈강한 자는 살아남는다.〉/ 그러자 나는 자신이 미워졌다."라는, 우리에게 잘 알려진 「살아남은 자의 슬픔」이라는 시가 탄생하게 된 지점이다. '살아남은' 자신의 삶을 항변하려는 듯, 브레히트는 '폭력에 대한 조치'는 폭력보다 오래 살아남는 수밖에 없다고 말하곤 했다. 폭력 앞에서는 모든 것이 정당화되므로 폭력에 정면으로 대항하다가 희생당하는 것보다는 어떻게 해서든 폭력보다 오래 살아남는 것이 폭력을 이기는 길이라고 그는 믿었던 것이다. 「살아남은 자의 슬픔」은 그렇게 믿을 수밖에 없었던 시대에 대한 분노와 자신에 대한 연민이 느껴지는 시다.

　「서정시를 쓰기 힘든 시대」는 1939년 초에 쓴 시다. 이 시를 쓸 무렵 브레히트는 덴마크에 망명 중이었다. 벤야민의 회상에 따르면 브레히트는 농가의 마구간을 회칠하여 작업실로 썼는데 그 작업실의 떡갈나무 기둥에 "진실은 구체적이다."라는 문구를 붙여 놓았다고 한다. 그의 다른 시들처럼, 이 시 역시 구체적이고 단순하고 분명하다. 브레히트는 학살과 전쟁의 주범이자 젊은 시절 화가 지망생이었던 히틀러를 '칠장이', '엉터리 화가'라 희화화한다. 「칠장이 히틀러의 노래」라는 시에서는 "칠장이 히틀러는/ 색깔을 빼놓고는 아무것도 배운 바 없어/ 그에게 정작 일할 기회가 주어지자/ 모든 것을 잘못 칠해서 더럽혔다네./ 독일 전체를 온통 잘못 칠해서 더럽혔다네."라고 쓰기도 했다.

아름다운 '사과나무'에 대한 감동보다는 이 '엉터리 화가'에 대한 분노가 브레히트로 하여금 시를 쓰게 하는 힘이었다. 사랑받고 있는 행복한 자, 해협의 산뜻한 보트와 돛단배, 따뜻한 처녀들의 젖가슴을 노래하는 아름답고 충만한 서정시 대신, 마당의 구부러진 나무, 어부들의 찢어진 어망, 40대 소작인 처의 구부러진 허리로 상징되는 현실의 결핍과 폭력에 대해서 쓰겠다고 선언하고 있다. 이를 위해 일부러 "운을 맞추"지 않은, 투박하면서도 구체적인 시에 대한 지향을 시사하는 시다. 토질이 나쁜 땅에서는 나무가 굽어 자라듯, 나치즘의 광기가 휩쓸었던 그의 시대가 '서정시를 쓰기 힘든 시대'임을 천명하는 시다. 브레히트에게 시 쓰는 일이란 "인간적인 행위로서, 모든 모순성과 가변성을 지니며 역사를 규정하면서 또한 역사를 만들어 나가는 사회적 실천"에 다름 아니었다. "아우슈비츠 이후 서정시를 쓰는 것은 야만"이라는 아도르노의 선언 또한 이 시로부터 비롯되었다.

야만적인 자본의 논리가 세계를 점령하고 있는 우리 시대 역시 서정시를 쓰기 힘든 시대다. 1퍼센트의 부자는 돈을 쓰는 재미에 빠져 서정시 따위에 무관심하고, 99퍼센트의 빈자들은 밥에 매달려 서정시를 외면하고 있다. 월가를 점령한 젊은이들은 이렇게 외쳤다. "Who's street?", "Ours street!", "We are ninety-nine percent!"이런 외침이 거세지는 시대는 서정시를 쓰기 힘든 시대임이 분명하다. 서정보다 자본이, 꽃보다 밥이, 노래보다는 목숨이 먼저이기 때문이다. 2011년 가을, 텔레비전에서 월가의 시위 장면을 보면서 나는 브레히트의 이런 시를 떠올렸다. "암울한 시대에/ 그때도 역시 노래하게 될 것인가?/ 그때도 역시 노래하게 될 것이다./ 암울한 시대에 대해"(「모토」)!

진상에게 드림

이하

장안에 한 젊은이 있어
나이 스물에 마음은 벌써 늙어 버렸네
능가경은 책상머리에 쌓아 두고
초사도 손에서 놓지 못하네
곤궁하고 못난 인생
해 질 녘이면 애오라지 술잔만 기울이네
지금 길이 이미 막혔는데
백발까지 기다려 본들 무엇하리
쓸쓸하구나, 진상(陳述聖)이여!
베옷 입고 김매며 제사의 예를 익히고
오묘한 요순의 글을 배웠거늘
사람들은 낡은 문장이라 나무라네
사립문엔 수레바퀴 자국 얼어붙어 있고
해 기울면 느릅나무 그림자만 앙상한데
이 황혼에 그대가 날 찾아왔으니
곧은 절개 지키려다 젊음이 주름지겠네
오천 길 태화산처럼

贈陳商

李賀

長安有男兒

二十心已朽

楞伽堆案前

楚辭繫肘後

人生有窮拙

日暮聊飲酒

只今道已塞

何必須白首

淒淒陳述聖

披褐鈕紐豆

學為堯舜文

時人責衰偶

柴門車轍凍

日下榆影瘦

黃昏訪我來

苦節青陽皺

太華五千仞

땅을 가르고 우뚝 솟은 그대

주변에 겨눌 만한 것 하나 없이

단번에 치솟아 견우성과 북두칠성을 찌르거늘

벼슬아치들이 그대를 말하지 않는다 해도

어찌 내 입까지 막을 수 있으랴

나도 태화산 같은 그대를 본받아

책상다리 하고 앉아 한낮을 바라보네

서리 맞으면 잡목 되고 말지만

때를 만나면 봄버들 되는 것을,

예절은 내게서 멀어져만 가고

초췌하기가 비루먹은 개와 같네

눈보라 치는 재단을 지키면서

검은 끈에 관인(官印)을 차고 있다 하나

노비 같은 기색과 태도로

다만 먼지 털고 비질만 할 뿐이네

하늘의 눈은 언제 열려

옛 검(劍) 한번 크게 울어 볼 것인가

劈地抽森秀

旁古無寸尋

一上夏牛斗

公卿縱不言

寧能鎖吾口

李生師太華

大坐看白晝

逢霜作樸樕

得氣爲春柳

禮節乃相去

顋頷如芻狗

風雪直齋壇

墨組貫銅綬

臣妾氣態間

唯欲承箕帚

天眼何時開

古劍庸一吼

아름답고 빼어난 시구를 일컬어 '금낭가구(錦囊佳句, 비단 주머니 안에 있는 아름다운 시구)'라 한다. 그 자체로도 아름다운 비유지만 당나라 시인 이하의 실제 고사를 곁들이면 더욱 살갑다. 일곱 살 때부터 빼어난 문장을 짓기 시작한 이하가 낡은 비단 주머니를 등에 메고 다니며 영감을 얻으면 곧바로 시를 써서 비단 주머니 속에 던져 넣었던 데서 연유한 말이기 때문이다. 어릴 적부터 시작(詩作)에 지나치게 몰두했던 이하는, "이 아이는 심장을 토해 내야만 시 쓰기를 그만두겠구나."라는 모친의 염려처럼 열일곱에 반백이 되었고 스물넷에 백발이 되었으며 스물일곱에 요절했다. 심장을 도려내는 고통 속에서 시어를 토해 낸다는 '고음(苦吟)'이란 딱 그의 시 쓰기를 두고 하는 말이었다.

그러했던 이하가 숨을 거둘 적 옥황상제의 부름을 받아 백옥루에 상량문(축문)을 지으러 간다고 했다는 데서 유래한 '천상수문(天上修文, 천상에서 문장을 지음)'도 있다. 또한 '우귀사신(牛鬼蛇神, 소귀신과 뱀귀신)'이란 말도 있다. 당나라 시인 두목이 이하의 시를 가리켜 "소머리를 한 귀신과 뱀 몸을 한 귀신 등으로도 그의 시의 허황하고 환상적인 면을 형용하기에는 부족하다."라고 평한 데서 따온 것으로, 이하 시의 풍부한 상상력과 독창적인 환상성을 일컬었던 말이다.

이런 고사성어들이 생겨나고 전해진 걸 보면, 불우(不遇)했던 이하의 삶과 불후(不朽)했던 이하 시에 대한 후대 사람들의 공감과 경의를 짐작하게 한다. 이하는 부친의 이름('晉'肅)과 과거 명칭('進士試)에서 '진' 자가 동음(同音)이라는 이유 하나로 과거 응시 자체가 거부된 불운한 청춘이었다. 황당한 일이다. 그를 아꼈던 반골 기질의 한유가 "만약 부친의 이름이 인(仁)이라면 아들은 인(人)이 아닌가…… 이하를 시기하는 자들의 헐뜯음일 뿐이다."라고 휘변(諱辯)까지 써 줬지만, 시대는 그를 버렸다. 젊은 이하! 절망했고 분노했다.

당나라가 시의 시대였다고 하지만, 기실은 가진 자의 시대였고 안사의 난 등 온갖 전쟁으로 민중이 도탄에 빠졌던 시대였다. 질병과 생활고와 조로(早老)는 덤처럼 따라왔다. 귀기 서리고 한 서린 시를 쓰고, 무덤에서도 자고, 절간에 기어들어 가 좌선도 했다. 인간과 (귀)신, 이승과 저승의 경계를 오가며 조증과 울증으로 쏟아 낸 그의 언어들은 환상적이고 비현실적이었고, 탐미적이고 염세적이었다. 무엇보다 아름답다! 이하를 이하이도록 한 불세출의 시적 개성이었다.

시대적이고 개인적인 불행에 옴짝달싹 못하는 시인의 자화상이 잘 드러난 시가 「진상에게 드림」이다. 진상은 이하의 절친 문우였다. 진상은 학문과 문장이 뛰어나고 인품 또한 나무랄 데 없었으나 당대의 위정자들이 그의 진가를 알아보지 못했고 중용되지 못했다. 그런 진상이 저물녘에 이하를 방문했고 이에 그에게 고마움과 위로의 뜻을 담아 보낸 시이니. 동병상련했을 것이니, 진상을 묘사한 문장이 곧 이하 자신을 묘사한 것이고, 진상에게 주는 문장이 곧 이하 자신에게 주고 싶었던 북돋움이기도 했을 것

131

이다.

"장안에 한 젊은이 있어/ 나이 스물에 마음은 벌써 늙어 버렸네"라는 구절이 집약하고 있듯, 젊고 젊은 스무 살이건만 인생길이 꺾이고 막혀 대낮부터 술에 의지할 수밖에 없음을 한탄한다. 자기부정의 해탈이 담긴 「능가경」과, 울분과 이상을 신비와 환상으로 달랬던 굴원의 「초사」를 가까이 둔 까닭일 것이다. 인적이 끊긴 집 안에서 노비 같은 행색을 한 '비루먹은 개'에 자신을 비유하며 스스로를 자조하고 있다. '자조'와 '자존'은 받침 하나 차이다. 성인을 따른다는 의미를 담고 있는 '진술성(陳述聖)', 높고 높은 '태화산', 땅을 가르고 우뚝 솟아 단번에 '견우성과 북두칠성' 등을 비유로 끌어온 걸 보면 이하의 자존과 긍지는 하늘을 찌르는 듯하다. "하늘의 눈은 언제 열려/ 옛 검(劍) 한번 크게 울어 볼 것인가"에서는, 진상을 위로하는 시이기에 희망을 버릴 수 없다고 말하고 있는 듯하지만 이하 스스로는 이미 그것이 비루한 희망임을 깨닫고 있는 듯하다.

회재불우(懷才不遇, 재주를 가지고도 때를 만나지 못함)는 불우한 문인들의 단골 수식어다. 두보 역시 "시는 시인의 운명이 완성되는 것을 증오한다."라고 했다. 하늘은 이하에게 '귀재(鬼才)'를 주어 '시귀(詩鬼)'라 불리게 한 대신, 그의 짧은 인생을 받아 갔다. 너무 일찍 인생의 모든 것을 알아 버린 젊디젊은 이하는 이렇게 읊조렸다. "아득하여라 인간 세상 몇 점의 안개 같아/ 파도치는 바다도 술잔 속에서 출렁이네"(「꿈속에서 하늘에 오르다(夢

天)」), "하늘도 정이 있다면 하늘 또한 늙지 않겠는가(「금동선인이 한나라를 떠나며 부르는 노래(金銅仙人辭漢歌)」)". 사무치면서도 호쾌한 불후의 구절들이다. 이하는 자신의 불우를 이렇게 완성했다.

이하에게 청춘은 뭘 해도 안 되는, 뭐조차도 해 볼 수 없는 회재불우 그 자체였다. 그런 청춘에게 청춘마저 저물어 간다는 것은 얼마나 잔인한 일이었을까. "청춘은 곧 저물어 가는데/ 어지럽게 떨어지는 복숭아꽃잎은 쏟아지는 붉은 비 같아라"(「술을 권하며(將進酒)」)라는 구절이 아픈 까닭이다. 아무리 '아프니까 청춘'이라지만, 불운한 청춘들이 복사꽃잎처럼 쏟아지는 시대는 고금을 막론하고 잔인한 시대임에 틀림없다. '88만 원 세대', 연애 · 결혼 · 출산을 포기한 '삼포 세대'로 불리는 이 시대의 청춘들에게 정철의 장진주를 빌려 말하노니 "그 누가 한잔 먹자고 하겠는가?" 말하자면, 이하! 생략이다.

나는 다른 대륙에서 온 새

마울라나 잘랄 앗딘 무함마드 루미

하루 종일 생각했습니다. 그리고 밤이 되어 입을 뗍니다.
나는 어디에서 왔을까? 나는 무엇을 하고 있나?
모르겠습니다.
하지만 분명한 것은 나의 영혼은 다른 곳에서 왔다는 것입니다.
그리고 그곳에서 내 생의 끝을 맞고 싶습니다.

이 취기는 다른 주막에서 시작되었습니다.
그곳 언저리로 다시 돌아가면 나는 온전히 취할 것입니다.
나는 다른 대륙에서 온 새. 그런데 이 새장에 앉아……
다시 날아오를 그날이 오고 있습니다.
지금 내 귓속에서 나의 목소리를 듣는 이는 누구인가요?
내 입을 통해 말하는 이는 누구인가요?
내 눈을 통해 밖을 보는 이는 누구인가요?
영혼은 무엇인가요?

مرغ باغ ملکوتم، نیم از عالم خاک

مَولانَا جَلال الدِین مُحَمَّد رُومی

که چرا غافل از احوال دل خویشتنم

از کجا آمده ام، آمدنم بهر چه بود؟

به کجا می روم؟ آخر ننمایی وطنم

مانده ام سخت عجب، کز چه سبب ساخت مرا

یا چه بوده است مراد وی ازین ساختنم

جان که از عالم علوی است، یقین می دانم

رخت خود باز برآنم که همانجا فکنم

مرغ باغ ملکوتم، نیم از عالم خاک

دو سه روزی قفسی ساخته اند از بدنم

ای خوش آنروز که پرواز کنم تا بر دوست

به هوای سر کویش، پر و بالی بزنم

کیست در گوش که او می شنود آوازم؟

یا کدامست سخن می نهد اندر دهنم؟

کیست در دیده که از دیده برون می نگرد؟

یا چه جان است، نگویی، که منش پیرهنم؟

질문을 멈출 수가 없습니다.

만일 그 해답을 조금이라도 맛볼 수 있다면, 나는 그 취기로 이 감옥을 부술 수 있을 것 같습니다.

하지만 그런 식으로 이곳을 떠날 수는 없습니다.

누가 나를 여기에 데려다 놓았건 그가 나를 다시 집에 데려다 주어야 합니다.

이런 말들……

나도 내가 무슨 말을 하고 있는지 모르겠습니다.

문득문득 이어지는 생각들……

이 질문들 너머로, 깊은 고요와 침묵에 들어섭니다.

* 루미 시에는 제목이 없다. 번역된 그의 시 제목들은 대체로 역자가 임의로 붙인 것이다.

تا به تحقیق مرا منزل و ره ننمایی

یک دم آرام نگیرم، نفسی دم نزنم

می وصلم بچشان، تا در زندان ابد

از سرعربده مستانه به هم در شکنم

من به خود نامدم اینجا، که به خود باز روم

آنکه آورد مرا، باز برد در وطنم

تو مپندار که من شعر به خود می گویم

تا که هشیارم و بیدار، یکی دم نزنم

شمس تبریز، اگر روی به من بنمایی

والله این قالب مردار، به هم در شکنم

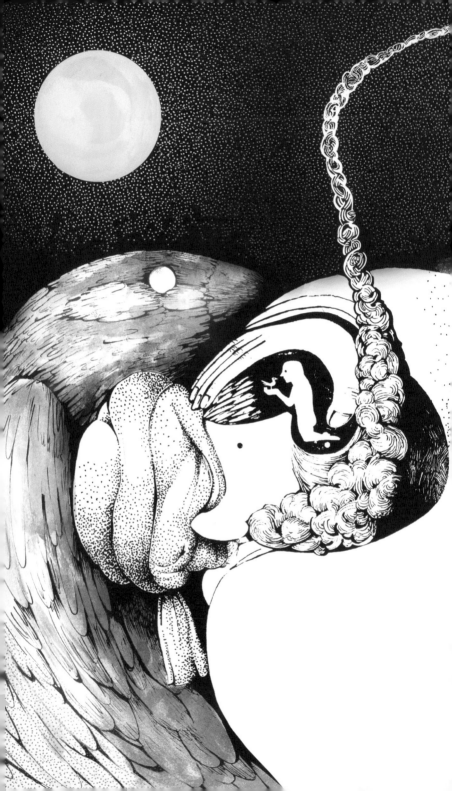

"봄의 과수원으로 오세요/ 꽃과 촛불과 술이 있어요// 당신이 안 오신다면,/ 이런 것들이 다 무슨 소용이겠어요/ 당신이 오신다면,/ 또한 이런 것들이 다 무슨 소용이겠어요". 후배 시인이 보내는 메일 하단에 늘 따라오는 문장이다. 읽을 때마다 '그 당신이 바로 당신이에요!'라고 손짓하는 것만 같아 훈훈해지곤 한다. 이 문장이 13세기 페르시아 시인 무함마드 루미의 시라는 걸 아는 사람은 많지 않다. '루미'라는 이름은 내게 늘 '루미나리에 (luminarie, 빛의 예술·빛의 조각)'나 '루비'라는 단어와 겹쳐진다. 루미가 이슬람 마울라위 수피 교단의 창시자이자, 신과 시와 사랑의 광채 속에서 살다 간 몇 안 되는 신비주의 철학자이며, 나아가 영적인 메시지를 시의 형태로 전했던 우주적 시인이기 때문이다. 끝이 없는 사랑을 사랑함으로써 신 혹은 우주와 하나가 되는 것, 그것이 루미 시의 도달점이다.

루미는 아프가니스탄의 발흐에서 태어나 아시아와 아라비아를 떠돌다 열두 살 이후 유대교, 기독교, 이슬람교, 힌두교, 불교가 공존하는 실크로드의 서쪽 끝(터키의 중부) 코니아에 정착한다. 서른일곱 살 때 방랑자이자 춤추는 수피(Sufi, 이슬람교의 신비주의자) 샴스를 만난다. "내가 전에 신이라고 생각했던 그것, 오늘 나는 한 사람 속에서 만나네"라는 시구절은, 샴스와 눈이 마주치자 기절해 버렸다는 루미의 영적 파탈의 순간을 담고 있다. 샴스가 죽고 난 후 대장장이 자르쿠브가 샴스의 자리를 대신한다. 대장간 앞에서 자르쿠브의 망치질 소리를 듣던 루미가 갑

자기 빙글빙글 돌며 춤을 추기 시작했다고 전한다. 방랑 춤꾼과 대장장이, 이들과의 만남에서 비롯된 신비와 환희와 사랑의 경험이 루미로 하여금 시를 쓰게 했다. 전통 혹은 정통의 신학자, 학자, 법률가로서의 삶을 뒤로한 채 "그는 시인이 되었고, 음악을 듣기 시작했으며, 노래를 불렀고, 땅을 빙빙 돌았다, 시간에 시간을 거듭하여."

"내가 저기가 아니라 여기에 있다는 것이 무섭고 놀랍다. 나는 저기가 아니라 여기에 있을 이유도 없고, 다른 때가 아닌 지금 있을 이유도 없기 때문이다. 누가 나를 여기에 갖다 놓았는가?" 17세기 파스칼의 물음이었다. 그보다 일찍, 13세기의 루미는 이렇게 답했다. 우리는 '다른 곳', '다른 대륙', '다른 주막'에서 와서 그곳으로 간다고. 그곳은 지금-여기를 넘어선 세계라고. 루미는 늘 이 '넘어선 세계'를 노래했다. 지금-여기의 상대적인 몸과 느낌을 지니고 저기-너머의 초월적 삶을 살라고. 모든 것은 내 안에 있고, 나는 모든 것의 밖에 있다고. 내 조그마한 몸 안에 일곱 개의 태양이 있고 오대양 육대주가 있으며, 한없는 창공이 있고 금은보화가 있다고.

누가 우리를 여기에 가져다 놓은 것일까? 라는 파스칼의 물음에 일찍이 루미는 또 이렇게 답했다. 바로 '당신'이라고! 내가 '당신'을 사랑하는 것은 내가 당신이 거하는 곳으로부터 왔기 때문이고, 내가 '당신'을 사랑할 때 나는 당신의 의지대로 행한다. 나는 내 안에 깃든 당신의 귀로 나의 목소리를 듣고, 당신의 입으로 나의 말을 하고, 당신의 눈으로 나의 밖을 본다. 내가 당신을 사랑할 때 나는 당신의 귀이고 눈이고 혀이고 손이다. 나는 당신 안에 존재하며 당신에 의해 살아간다. 그러므로 나는 무한하고 영원한 시공간을 넘어선 그것, 절대 존재의 신 안에 존재한다. 존재의 이 같은 무한 의식, 우주 의식이야말로 존재의 사랑 혹은 존재의 엑스터시가 아닐까.

"이 취기는 다른 주막에서 시작되었"고, "그곳 언저리로 다시 돌아가면 온전히 취할 것"이라는 구절은 이 시의 백미다. 우리가 다른 세계를 꿈꾸는 것은 지금-여기의 나를 사랑하기 때문이며, '다른 곳'의 저기-너머의 나를 영원히 알 수 없기 때문이다. 그리고 우리가 지금-여기라는 이 새장에서 만났던 것처럼 저기-너머라는 다른 대륙에서도 다시 만날 수 있다면, 이 새장에서의 삶은 한여름 밤의 꿈에 불과할 것이다. 그리고 우리가 이곳의 주막에서 취했던 것처럼 다른 주막의 발아래 하늘을 열어 놓을 수 있다면, 이 삶은 한 차례의 술자리에 불과할 것이다. 오직 당신을 '못 만난' 사람만이, 오직 이 주막에서 '취하지 않은' 새만이 이 주막과 이 새장을 실재의 전부라고 생각할 뿐!

실크로드의 서쪽 끝 터키에 가면 어쩐지 '나 아닌 나', '내가 아니어도 되는 나', '또 다른 나'를 만날 수 있을 것만 같다. 오르한 파묵이라는 다른 작가가 있고 이슬람이라는 다른 종교가 있고, 루미라는 다른 시인이 있고 수피댄스라는 다른 춤이 있기 때문이다. 오른팔은 하늘을 향하고 왼팔은 땅을 향해 뻗은 채 시계

방향으로 빙글빙글 돌다 보면, 문득 다른 대륙에서 온 다른 나를 만날 수 있을 것만 같다. "나는 일어선다/ 내 속에 있는 하나의 '나'가 수백 명의 '나'가 된다/ 그들이 내 주위를 빙글빙글 돌며 말한다/ 말도 안 돼…… 내가 나를 빙글빙글 돈다"에서처럼 '다른 대륙'과 '당신'을 향한 whirling dance를! 죽음과 영원을 향한 내 영혼의 춤을!

발견

요한 볼프강 폰 괴테

숲으로 갔네,
그렇게 나 혼자서.
아무것도 찾지 않는 것
그게 내 뜻이었네.

그늘 속에서 보았네,
작은 꽃 한 송이
별처럼 빛나며
눈동자처럼 아름다웠네.

내가 꺾으려 하자
꽃이 가냘프게 말했네,
절 시들도록 굳이
꺾어야겠어요?

나는 조심스레
그 작은 뿌리를 파내어

Gefunden

JOHANN WOLFGANG VON GOETHE

Ich ging im Walde
So für mich hin,
Und nichts zu suchen,
Das war mein Sinn.

Im Schatten sah ich
Ein Blümchen stehn,
Wie Sterne leuchtend,
Wie Äuglein schön.

Ich wollt es brechen,
Da sagt' es fein:
Soll ich zum Welken
Gebrochen sein?

Ich grub's mit allen
Den Würzlein aus,

아름다운 집
뜰로 날라 왔네.

그러고는 다시 심었네,
조용한 곳에.
이제 그 꽃 자꾸 가지 뻗어
그렇게 계속 꽃피고 있네.

Zum Garten trug ich's
Am hübschen Haus.

Und pflanzt es wieder
Am stillen Ort;
Nun zweigt es immer
Und blüht so fort.

숲 속 그늘에 피어 있는 작은 꽃, 별처럼 빛나고 눈동자처럼 아름다운 꽃! 하여 기어코 누군가에게 발견되는 꽃! 그런 꽃을 보았다면 어찌해야 할까. 꺾어야 할까? 하면, 꽃은 시들겠지! 가까이 가져다 다시 심어 놓고 나만 볼까? 하면, 꽃은 내 곁에서 다시 꽃 피우겠지! 거기 그대로 두어야 할까? 하면, 꽃은 저만치 혼자서 피어 있겠지! 꺾은 꽃이 소유하는 꽃이라면, 그대로 둔 꽃은 존재하는 꽃이다.

괴테의 사랑시들은 꽃을 소재로 한 경우가 많다. "소년이 말했네 널 꺾을 테야/ 들에 핀 장미/ 장미가 말했네 널 찌를 테야/ 네가 영원히 나를 생각하도록/ 그리고 참고만 있지는 않겠어"라는 시 「들장미」는, 사랑이라는 이름으로 꽃을 꺾고 가시로 찌르는, 사랑이 지닌 폭력적인 소유 욕망과 영원성을 노래한다. 「제비꽃」으로 알려진 또 다른 시(발라드)에서는 남성화된 제비꽃이 사랑하는 그녀에게 발견되고 꺾임으로써 소유되기를 원한다. "사랑하는 이 나를 꺾어/ 가슴에 으스러지도록 안아 주었으면!/ 아, 아,// 잠깐, 십오 분간만이라도!"라고. 이 제비꽃은 그녀의 부주의로 밟혀 죽으면서도 다름 아닌 '그녀의 발'에 밟혔음을 기뻐한다. 극단적인 소유에의 갈망이다.

괴테의 여성 편력은 유명하다. 『젊은 베르테르의 슬픔』의 로테처럼 이미 다른 약혼자가 있었던 부프에 대한 불가능한 사랑에서부터, 고위 공직자의 부인이자 일곱 살 연상이었던 슈타인 부인과의 사랑을 거쳐, 심지어 일흔네 살 무렵에 청혼했던 열일곱의 레베초프에 이르기까지, 그는 희열과 번민 속에서 일생 동안 사랑을 편력하였으며 사랑할 때면 늘 사랑시를 썼다. 그에게 사랑의 편력은 영혼뿐 아니라 문학의 성숙을 위한 도정이기도 했다. "영원히 여성적인 것이/ 우리를 이끌어 올리는도다!"라고 『파우스트』에서 박사의 입을 빌려 사랑의 뿌리를 보여 주고 있다면, 한때 약혼자였던 쇠네만에게 바쳤던 "만약 내가, 사랑하는 릴리여, 그대를 사랑하지 않는다면/ 이 광경이 내게 무슨 기쁨을 주랴!/ 또 만약 내가, 릴리여, 그대를 사랑하지 않는다면/ 나의 행복이 있기나 하랴, 있은들 무엇이랴?"(「산에서 바다로 — 여행 일기에서」)에서는 사랑의 봉오리를 보여 주고 있다.

「발견」의 꽃은, 소유하는 꽃과 존재하는 꽃의 경계에 있다. 이 시는 1806년에 결혼한 그의 아내 불피우스에게 보낸 1814년 8월 28일자 편지에 쓴 시다. 그러니까 예순네 살의 괴테가 생일을 맞아, 그녀와 살았던 25년을 기념하기 위해 쓴 시다. 이탈리아 여행 직후인 1789년 "아무것도 찾지 않는"듯한 우연한 첫 만남이었던 당시 괴테는 마흔 살, 불피우스는 스물세 살이었다. 공장에서 종이꽃 접는 일을 하던 평범하고 가난한 처녀였던 그녀에게서는 어쩐지 『파우스트』의 그레트헨과 『빌헬름 마이스터의 수업시대』의 미뇽의 이미지가 겹쳐진다. 많은 여성 편력에도 불구하고 불피우스는 그의 유일한 아내였다. 평범한 들판의 꽃은, '발견'됨으로써 '집의 뜰'이라는 시인의 삶 한가운데로 옮겨져 아름답게 변모한 꽃이 되었다. 청년기에 썼던 난폭한 갈망과 소유로서의 사랑을 노래했던 「들장미」와는 대조적인, 배려와 성숙으로서의 사랑이 느껴지는 시다.

"눈물 젖은 빵을 먹어 보지 않고, 근심에 찬 밤을 울면서 지새워 보지 않고는, 인생의 참맛을 모른다.", "자유도, 생명도, 투쟁하며 얻는 자만이 누릴 자격이 있다." 질풍노도를 달리던 오빠들을 번갈아 앉혀 놓고 꾸짖던 아버지의 훈화 말씀 서두였다. 괴테의 『빌헬름 마이스터의 수업시대』와 『파우스트』를 읽으면서 이 말씀들을 발견했을 때의 반가움이란! "웬 아이가 보았네~ 들에 핀 장미화~"라는 노래는 여고 시절 교내 합창 대회에서 불렀던 「들장미」였다. 그리고 「마왕」, 비바체의 피아노 선율 속에서 두려움에 떨던 어린 아들의 목소리는 내 사춘기의 핏속을 다급히 달리는 말발굽 소리와도 같았다. 이 곡들이 모두 괴테의 시에 붙여진 슈베르트의 가곡이라는 걸 안 것도 나중이었다.

대학 시절의 내 아지트는, 그린하우스 빵집 옆에 있던 '미뇽(Mignon)' 다방이었다. 나는 그곳에서, 혁명에 대해 부정적이었던 괴테의 소설들을 운동권 학습서들 사이사이로 읽곤 했다. "예술은 길고 인생은 짧다. 판단은 어렵고 기회는 쉽게 달아난다. 행동하기는 쉽고 생각하기는 어렵다."로 시작되는 『빌헬름 마이스터의 수업시대』의 '수업증서'를 필사하기도 했다. 강의실에서 신석정의 시 "어머니,/ 당신은 그 먼 나라를 알으십니까?"를 들으면서는 "그대는 아시나요. 레몬꽃 피는 나라를"로 시작하는 「미뇽의 노래」를 떠올리기도 했다. "시간아 멈추어라! 이 순간이

정말 아름답구나!"라는 『파우스트』의 한 구절을 읊조리며 그렇
게 시퍼런 청춘의 시간을 통과했다.

　괴테의 문장들은 이렇듯 200년이 지나 지구의 반 바퀴를 돌
아 우리의 언어로, 우리의 삶 속에 스며들어 있다. '대문호', '거
장', '마이스터'의 위의(威儀)란 무릇 이러한 것이다. 1832년 괴
테는 독감에서 폐렴으로 악화되었다. 그의 마지막 말은 "더 많은
빛이 들어오도록 창문을 열게 여기에, 더 많은 빛을!"이라 알려
져 있다. 그러나 그의 병상을 지켰던 미망인 며느리 오틸리에에
게 날짜를 묻고 3월 22일이라고 대답하자 "그래 봄이 되었구나.
그럼 더 빨리 회복할 수 있겠지."라 했다고도 하고, "가까이 와서
너의 사랑스러운 손을 다오!"라 했다고도 한다. 마지막 말들 또
한 위의롭다!

화살과 노래

헨리 위즈워스 롱펠로

공중을 향해 화살 하나를 쏘았으나,
땅에 떨어졌네, 내가 모르는 곳에.
화살이 너무 빠르게 날아가서
시선은 따라갈 수 없었네.

공중을 향해 노래 하나를 불렀으나,
땅에 떨어졌네, 내가 모르는 곳에.
어느 누가 그처럼 예리하고 강한 눈을 가져
날아가는 노래를 따라갈 수 있을까?

오랜, 오랜 세월이 흐른 후, 한 참나무에서
화살을 찾았네, 부러지지 않은 채로.
그리고 노래도, 처음부터 끝까지,
한 친구의 가슴속에서 다시 찾았네.

The Arrow and the Song

Henry Wadsworth Longfellow

I shot an arrow into the air;
It fell to earth, I knew not where;
For, so swiftly it flew, the sight
Could not follow it in its flight.

I breathed a song into the air;
It fell to earth, I knew not where;
For who has sight so keen and strong
That it can follow the flight of song?

Long, long afterward, in an oak
I found the arrow, still unbroke;
And the song, from beginning to end,
I found again in the heart of a friend.

헨리 위즈워스 롱펠로는 미국 역사상 시인으로서 가장 큰 영예를 누렸다. 온화한 언행과 선량한 시 정신은 국민적 사랑과 존경을 한 몸에 받는 데 일조했다. 링컨이 백악관에서 그의 시 낭독을 듣고 눈물을 흘렸고, 생전에 맞았던 일흔의 생일은 국가적인 축일이 되어 전국적으로 어린 학생들의 퍼레이드를 받았으며, 생존 당시 시집 판매에서도 최고 기록을 세웠다. 케임브리지 대학교 명예 학위를 받기 위해 영국에 갔을 때에는 빅토리아 여왕의 초대로 그날 여왕의 일기에까지 남겨졌으며, 사망 직후 미국 작가로는 처음으로 런던의 웨스트민스터 대성당에 흉상이 전시되었다.

"그대의 모든 힘은 화합에 있고, 그대의 모든 위험은 불화에 있다."(「히아와타의 노래」)라는 구절은 롱펠로의 삶과 시 세계를 잘 대변한다. 변호사의 아들로 태어나 유복한 가정에서 자랐으며, 그 자신 또한 다섯 자녀를 키우며 풍요롭고 건전한 가정을 꾸렸다. 열 살 때 쓴 첫 시를 지역신문에 발표한 적이 있으며, 대학 졸업 후 유럽을 여행하며 무려 열한 개의 언어를 습득하는 등 뛰어난 언어학자로서 오랫동안 하버드 대학교에서 학생들을 가르쳤다. 이처럼 화해롭고 풍요로운 가정 생활과 교육 환경은 자연의 아름다움과 거기서 깨닫는 삶의 정직함, 소년 시절의 밝고 싱싱함, 건강한 의지와 활기찬 열정, 죽음과 그 슬픔을 뛰어넘는 영원에의 열망 등과 같은 그의 시의 주제를 구축하는 데 밑거름이 되었다.

   미국의 언어와 역사, 자연과 신화에 대한 사랑을 기반으로 그는 미국 시의 정체성을 정립하고 문화적 탁월함을 입증하고자 노력했다. 아름다우면서도 기억하기 쉬운 롱펠로의 시구절들로 인해 미국인들의 일상어에 시적 표현이 추가되었다 해도 과언은 아니다. 그러나 20세기 들어 그의 시는 '낡은' 시로 읽기 시작했으며 '유행에 뒤떨어진', '교훈주의적이고 모방적인' 미국 시의 유산으로 평가절하되었다.

   「화살과 노래」는 문장이 쉽고 반복적인 리듬이 많아 우리에게 잘 알려져 있다. 이 시는 우리의 국민 애송시 "흙에서 자란 내 마음/ 파아란 하늘빛이 그리워/ 함부로 쏜 화살을 찾으려/ 풀섶 이슬에 함초름 휘적시던 곳.// 그곳이 차마 꿈엔들 잊힐 리야."라는 정지용의 「향수」를 떠올리게 한다. 나무 활을 쏘며 놀다 날아가 버린 화살을 찾으러 풀섶을 헤치며 다녔던 유년은 동서를 막론하고 다르지 않았나 보다. 공중을 향해 쏘았던 화살처럼, 입을 모아 불렀던 노래처럼, 먼 하늘을 향해 달려가던 어린 시절의 꿈은 너무 빨리 너무 멀리, 빗나가 찾을 수 없게 되었다. 그러나 그 어딘가에는 아련히 남아 있기 마련이다. 이 화살과 노래가 우리의 희망이자 미래에 대한 비유임은 물론이다.

   소년은 바람과 같으나, 소년이 꾸었던 꿈은 보석과 같다. 아름답고 순수했던 유년에의 몽상은 롱펠로의 다른 시에서도 자주 반복된다. "디어링 숲은 신선하고 깨끗하고,/ 고통스러우리만큼 커다란 기쁨으로/ 내 가슴은 그곳으로 되돌아가 헤매며/ 지난날들의 꿈속에서/ 나는 잃어버린 내 젊음을 다시 찾는다./ 그리고 이상하고 아름다운 노래를/ 덤불은 여전히 되풀이하고 있다."(「잃어버린 나의 젊음」)나, "숲이 변했는가, 내가 변했는가?/ 아아, 참나무는 싱싱하게 푸르다./ 그러나 덤불 속을 헤매며/ 나와 어울리던 친구들은/ 사이에 긴 세월로 낯설어졌다."(「변모」)와 같은 구절은 「화살과 노래」의 또 다른 변주다. 오랜, 오랜 세월이 흐르고 소년과 소녀이 뛰놀던 덤불숲은 바람처럼 변하건만, 소년이 꾸었던 꿈과 그 기억은 보석처럼 변하지 않는다. 진정한 'long, long-fellow'처럼! 그러기에 소년/소녀의 꿈은 '길고 긴 꿈'이라 하지 않던가.

그러나 화살과 노래는 같으면서 다르다. 빠르게 날아간다는 점에서는 같지만, 화살은 날카롭게 목표물을 쏘아 맞히고 노래는 부드럽게 사람의 마음속에 깃들인다. 화살과 노래의 차이점에 주목해서 보면 이 시의 교훈적 의미는 강조된다. 누군가를 겨냥해 쏘았던 화살은 '부러지지(도) 않은 채' 그대로 흉터처럼 참나무에 박혀 있으나, 즐겁게 함께 불렀던 노래는 '친구의 가슴속'에 따뜻한 심장처럼 남아 있다는 대비적 구도로도 읽을 수 있다. 지금 행하는 악함과 선함이 미래의 오늘까지 그대로 남는다는. 허나 이렇게 읽을 때 시의 깊이가 얕아지는 건 사실이다.

"긴긴 세월 헛되이 보내고/ 좋은 의도는 화살처럼/ 과녁에 못 닿거나 빗나가 버린 걸"(「잃은 것과 얻은 것」) 알고 있지만, 그래도 우리는 여전히 기억하고 있지 않은가, 긴긴 세월이 지난 어릴

적 그 화살과 노래를! 어디선가 가슴속 화살과 노래를 쏘아 올리며 단 한 권의 '신비한 책'을 완성하고 있는 사람들에게. 그리고 롱펠로의 '신비한 책'을 읽으려는 독자들에게 다음의 시구절을 권해 드린다. "나는 모른다, 공연히 묻지도 않으리라/ 그 신비한 책에 아직 말하지 않은/ 이야기가 무엇인가를./ 그러나 성급히 짐작이나 추측하지 않고/ 존경과 선량한 조심성으로 마지막 장을 넘기리라./ '끝' 하고 읽기까지."(「신생」) 스스로를 사랑하고, 또 세상을 사랑할 줄 안다면, 그 '끝'을 온전히 완성하고 또 읽을 수 있으리라 믿으며.

하이쿠 4수

마쓰오 바쇼

오랜 못이여
개구리 뛰어들어
물 치는 소리

한적함이여
바위에 스며드는
매미의 소리

말을 하려니
입술이 시리구나
가을 찬바람

松尾芭蕉

古池や蛙飛こむ水のおと

閑さや岩にしみ入る蟬の聲

物いへ　ば　唇寒し秋の風

재 속 화롯불
사그라드네 눈물
끓는 소리

* 하이쿠에는 제목이 없다. 한 수가 너무 짧아 사계절의 맛을 느낄 수 있도록 4수를 골랐다.

埋　火もきゆやなみだの烹る音

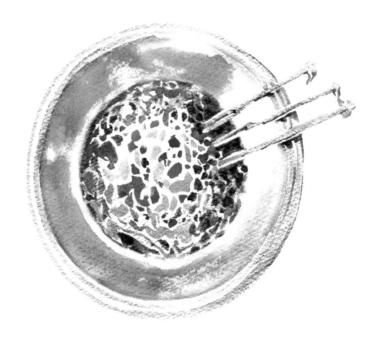

하이쿠가 하이쿠인 까닭은 그것이 짧기 때문이다. 세상에서 가장 짧은 정형시가 아닐까 싶다. 5·7·5로 읊어지는 총 17음절로 눈앞에서 일어난 일을 묘사하고 있을 뿐인데 그 여백이 가져다주는 울림이 만만치 않다. 짧은 시임에도 계절을 나타내는 시어('季語')가 들어가야 하고, 5·7·5 사이에서 한 번 끊어 줌으로써 영탄이나 여운을 주어야('切字') 한다. 바람을 타듯 온몸을 활짝 열고 자연과 하나 되어 인간을 꿰(貫)뚫고 삶과 통(通)하여 일갈처럼 '치고 빠져야' 한다. 그러나 설명하거나 주장하지 않아야 한다.

　바쇼(芭蕉)는 이러한 하이쿠 정신을 파초(芭蕉)에서 발견한다. 서른여덟의 봄, 한 제자가 파초 한 포기를 보내와 심었더니 날로 무성해져 암자 전체를 덮게 되었다. 파초에 둘러싸인 그는 도우세이(挑青)란 호를 바꾸어 바쇼라 했으며 자신이 사는 암자를 '바쇼우안(芭蕉庵)'이라 부르게 했다. '파초를 옮기는 말'이라는 산문에서 바쇼는 파초를 사랑하게 된 까닭을 무용의 용(無用之用)에서 찾고 있다. 봉황의 꽁지깃처럼 화려하지만 찢기기 쉽고, 꽃이 피지만 화려하지 않고, 줄기가 굵지만 목재로는 쓸 수 없고, 넓은 잎 때문에 온갖 비바람을 온몸으로 맞는 대신 넓은 그늘을 거느릴 수 있기에 바쇼는 파초를 사랑한다고 했다. 파초에게서 바쇼는, 하이쿠는 물론 삶의 비의(秘意)를 발견한 셈이다.

　첫째 시부터 보자. 우수(雨水) 지나면 경칩이다. 놀랄 경(驚), 숨을 칩(蟄)! 그러니까 3월 초순의 경칩은 겨우내 얼어 있고 숨어 있던 모든 것들이 놀라 뛰쳐나오는 무릇의 봄, 바야흐로의 봄을 예고한다. 오래 묵은 연못에 개구리가 뛰어들며 내는 물소리를 떠올리다 보면 이 경칩이라는 말이 떠오르곤 한다. 봄이 오는 소리, 그 들리지 않는 소리를 바쇼는 개구리의 몸으로 듣고 있다. 생명의 살갗과 정지된 물의 심연이 맞닥뜨리며 울리는 찰나의 소리, 촌음(寸陰) 같은 개구리의 시간이 유구(悠久)한 연못의 시간을 일깨우는 생생과 상생의 소리다. 하이쿠를 대표하는 시다.

둘째 시. 여름의 깊은 초록에 둘러싸인 산사는 적막할 것이다. 날카롭게 울리는 매미 소리가 이 적막한 정적을 더욱 푸르게 한다. 짝짓기 상대를 부르는 수매미 울음소리에 여름 절집의 고요와 한적이 대비적으로 강조되고 있는 셈이다. 초록이 짙고 매미 소리가 짙어 그 짙음이 뚝뚝 배어나는 듯하다. 배어나서는 커다랗고 메마른 바위에 스며드는 듯하다. 사랑의 소리, 생명의 소리는 그렇게 수천만 년을 단단히 웅크리고 있던 바위를 적시고 바위의 깊숙한 마음에까지 가닿는 것이리라.

셋째 시. 하이쿠는 감각의 향연이다. 들리는 것으로 들리지 않는 것을, 보이는 것으로 보이지 않는 것을 표현하는 아이러니의 노래다. 이 감각의 향연 속에 통찰과 사유와 깨달음이 새겨져 있다. 바쇼는 가을을 입술 끝의 시린 촉각으로 읽어 낸다. 입술에 침이나 바르고 거짓말을 하라는 말이 있다. 욕망이 담긴 말일수록 그 말이 나오는 입술 끝은 촉촉이 젖어 있기 마련이다. 말보다 침묵을, 머리보다는 감각을, 인위보다는 자연을 먼저 헤아려 볼 일이다. 입술 끝에 맺히는 욕망의 뜨거운 말을 제어하는 것은 입술 끝에 와 닿는 가을 찬 바람이다. 그러니 말을 내뱉기 전 가을 찬 바람 먼저 들이쉬고 볼 일이다. 다급히 말 먼저 뱉고 나면 가슴까지 시리게 될 것이다. 말하려는 입술은 늘 젖어 있기 마련이다.

　그리고 넷째 시. 한겨울이다. 재 속의 화롯불은 사그라지고 눈물은 끓어오른다. 슬픔의 눈물이 떨어져 화로의 불을 꺼뜨리기라도 하듯, 아니 떨어진 눈물이 화롯불 속에서 끓기라도 하듯. 화롯불이 사그라질 때까지 화롯불을 바라보며 슬픔을 가누고 있는 감각적 표현이 압권이다. "끓는 소리"는 무엇인가 끓어오르는 모양과 그 소리를 환기하는데, 그것도 "눈물 끓는 소리"라는 탁월한 표현을 통해 그 슬픔이 가누기 어려운 것임을 암시하고 있다. 점점 꺼져 가는 화롯불은 소멸을 향한 시간의 경과를 나타내는 지표인바, 이 시는 친지의 죽음을 추모하며 그의 유가족에게 보낸 조문의 시로 알려져 있다. 하루 종일 화롯불 앞에 앉아 달래야 했던 애'끓는' 슬픔을 함께 나누고자 했을 것이다. 이 뜨거운 슬픔 때문에 겨울이 더욱 춥게 느껴진다.

　"나그네라고/ 이름을 불러 주오/ 초겨울 가랑비"라는 구절에서도 알 수 있듯 바쇼는 삶을 여행이라 여겼다. 일본 전역을 떠돌았으며 특히 마흔여섯에 감행했던 동북부 지역으로의 긴 여행은 유명하다. 이때의 여행을 기록한 책이 『오쿠노호소미치(娛の細道)』인데, 바쇼는 그 여행길마다 명품 하이쿠를 남겼다. 오고

는 떠나고. 떠나서는 다시 오는 세월이 바쇼에게는 여행이었고. 그 여행 자체가 바쇼의 길이자 수행이자 하이쿠였다. 바쇼는 나가사키로 가던 중 오사카에서 객사했는데, 쉰한 살의 바쇼가 죽기 전에 남긴 사세구(辭世句, 세상을 뜨며 남기는 시) 또한 이러했다. "방랑에 병들어/ 꿈은 마른 들판을/ 헤매고 돈다."

지옥의 격언 초(抄)

윌리엄 블레이크

―씨 뿌릴 때 배우고, 거둘 때 가르치고, 겨울에 즐겨라.

―욕망할 뿐 행하지 않으면 질병이 생긴다.

―흙벌레는 쟁기를 용서한다.

―물을 좋아하는 자는 강물 속에 묻어라.

―바보가 보는 나무는 지혜로운 사람이 보는 나무와 같지 않다.

―빛을 내지 않는 얼굴은 별이 되지 못한다.

―분주한 꿀벌은 슬퍼할 겨를이 없다.

―어리석은 시간은 시계로 재어지나, 지혜로운 시간은 시계로 잴 수 없다.

―좋은 먹이는 그물이나 덫으로 잡은 것이 아니다.

―어리석은 자가 그의 어리석음을 고집하면 지혜로워진다.

―감옥은 법의 돌로써, 창부의 집은 종교의 벽돌로써 세워진다.

―사자의 분노는 하느님의 예지이다.

Proverbs of Hell

WILLIAM BLAKE

—In seed time learn, in harvest teach, in winter enjoy.

—He who desires but acts not, breeds pestilence.

—The cut worm forgives the plough.

—Dip him in the river who loves water.

—A fool sees not the same tree that a wise man sees.

—He whose face gives no light, shall never become a
star.

—The busy bee has no time for sorrow.

—The hours of folly are measured by the clock; but of
wisdom, no clock can measure.

—All wholesome food is caught without a net or a
trap.

—If the fool would persist in his folly he would become
wise.

—Prisons are built with stones of Law, brothels with
bricks of Religion.

— 현재 증명되는 것은 한때는 오직 상상된 것이다.

— 저수지는 가두며, 샘은 흘러넘친다.

— 분노하는 호랑이는 훈계하는 말(馬)보다 훨씬 지혜롭다.

— 고여 있는 물에서 기대할 수 있는 것은 독이다.

— 용기가 부족하면 간계가 능하다.

— 감사하게 받는 이는 풍성한 수확을 맞이한다.

— 벌레는 가장 좋은 잎사귀에 알을 까고, 사제(司祭)는 가장 좋은 기쁨에 저주를 내린다.

— 한 떨기 꽃을 창조함은 몇 세대의 노동이 걸린다.

— 넘쳐흐름이야말로 아름다움이다.

— 사자가 여우의 충고를 받으면 교활해질 것이다.

— 행하지 못할 욕망을 심어 주기보다는 갓난아기를 요람에서 죽여 버리는 편이 낫다.

— 인간이 없는 곳에 자연은 불모지이다.

— 충분히! 아니면 지나치게 많이!

—The wrath of the lion is the wisdom of God.

—What is now proved was once only imagined.

—The cistern contains: the fountain overflows.

—The tigers of wrath are wiser than the horses of instruction.

—Expect poison from the standing water.

—The weak in courage is strong in cunning.

—The thankful receiver bears a plentiful harvest.

—As the caterpillar chooses the fairest leaves to lay her eggs on, so the priest lays his curse on the fairest joys.

—To create a little flower is the labour of ages.

—Exuberance is Beauty.

—If the lion was advised by the fox, he would be cunning.

—Sooner murder an infant in its cradle than nurse unacted desires.

—Where man is not, nature is barren.

—Enough, or Too much!

"한 알의 모래 속에서 세계를 보며/ 한 송이 들꽃에서 천국을 본다/ 그대 손바닥 안에 무한을 쥐고/ 한순간 속에서 영원을 보라"(「순수의 전조(前兆)」)! 스티브 잡스 덕분에 더욱 유명해진 윌리엄 블레이크의 시다. 생각의 벽에 부딪혔을 때 잡스는 블레이크 시를 읽곤 했다는데, '손바닥 안의 무한'이야말로 잡스가 꿈꾸었던 애플의 미래였을 것이다. 우리에게 블레이크는 "오 장미여, 너는 병들었구나!/ 보이지 않는 벌레가/ 밤 속에/ 울부짖는 폭풍 속을 날아// 너의 침상에서/ 진홍빛 기쁨을 찾아냈다./ 그리하여, 이 어둡고 비밀스러운 사랑이/ 너의 생명을 망친다."(「병든 장미」)라는 시로도 유명하다. 장미가 여성을 상징한다는 건 두말할 필요가 없는 사실이지만, 블레이크에게 장미는 영국(영국 국화가 장미다.)의 상징이기도 하다. 그의 눈에 비친 18세기 말의 영국 사회는 '병든 장미'와 같았다. 창녀, 도박꾼, 병사, 어린 굴뚝 청소부 들의 신음 소리가 "늙은 영국의 수의(壽衣)를 짤 것이다"(「순수의 전조」)라는 시구절도 같은 맥락이다.

　블레이크는 예언자-시인이었다. 그가 "바드(Bard)의 목소리를 들어라!/ 현재와 과거와 미래를 보는 그/ 그의 귀는 들었다./ 태고의 나무들 사이를 걸었던/ 신성한 말씀을."(『경험의 노래』 중 「서시」)이라고 노래할 때의 '바드'란 히브리 예언자의 전통과 권위를 지닌 시인을 뜻한다. 네 살 때 하나님이 유리창을 들여다보는 것을 보고 비명을 질렀다거나, 열여덟 살 때 창밖 나뭇가지 위에 천사들이 별빛을 받으며 앉아 있는 것을 보았다거나, 어른

이 된 후에도 모세, 호머, 버질, 단테의 혼이 찾아와서 그들과 직접 대화를 했다는 따위의 일화는 블레이크의 비상(非常)함을 보여 주는 전조였을 것이다. 스스로를 바드로 여겼던 그는 과거와 현재로 대비되는 선과 악, 천국과 지옥, 순수와 경험, 영원한 세계와 타락한 세계를 꿰뚫는 '신성한 말씀(holy word)'을 듣고자 했으며 전하고자 했다. 그러한 예언자-시인의 시선으로 그는 당대 영국 사회의 어둠을 날카롭게 비판하기도 했다.

「지옥의 격언」은 『천국과 지옥의 결혼』에서 가장 잘 알려진 산문시로, 원래는 일흔 개의 잠언으로 구성되어 있다. 이 시는 구약의 '잠언'에 대한 악마판 잠언이라 할 수 있는바, '잠언'이 젊은이들에게 교훈을 주기 위해 지혜로운 자와 우매한 자를 대비하여 서술되었다면, '지옥의 격언'에서 블레이크는 인간의 '욕망'이 투사된 악마적 지혜를 계시적으로 담고 있다. 여기에 소개된 격언들은 일흔 개의 격언 중 역자가 가려 뽑은 스물다섯 개의 '초(抄)'에 해당한다.

"넘쳐흐름이야말로 아름다움이다."나 "충분히! 아니면 지나치게 많이!"와 같은 격언은 블레이크가 꿈꾸었던 아름다움의 근원이 넘침과 과잉과 무한에 있음을, 거기서 비롯되는 활력(에너지)과 환희(희열)에 있음을 시사한다. "과잉의 길은 지혜에 이른다." "충분한 것 이상을 알지 못하면 충분한 것을 알지 못한다." "달콤한 희열의 영혼은 결코 더럽혀지지 않는다." 등과 같은 다른 격언들도 마찬가지다. 블레이크는 넘치는 활력이야말로 인간의 창조적 욕망의 에너지이자 영원한 환희라고 믿었다. 또한 그는 "능동적인 악은 수동적인 선보다 더 낫다."면서 "위대한 시는 부도덕한 것이다. 위대한 인물은 거의 악마적일 정도로 사악하다."라는 발언도 서슴지 않았다. 그에게 시란 능동적인 악과 부도덕한 활력에서 터져 나오는 지옥의 노래였던 것이다. '지옥의 격언'이 상징하는 의미이기도 하다.

　잃어버린 낙원의 비전을 담은 『순수의 노래』와, 전쟁과 혁명과 산업화로 얼룩진 타락한 현실을 담은 『경험의 노래』는, '인간 영혼의 상반된 두 상태'를 상징한다. 특히 블레이크는 '천국'과 '지옥'으로 상징되는 상상력을 통합해 "모순이 없이는 발전이 없다."라는 『천국과 지옥의 결혼』의 변증법의 정신철학을 제시하기에 이른다. 이 '결혼'의 상상력이야말로 인간의 영혼을 구원하는 동력이라 믿었던 것이다. 그런 의미에서 그는 상상력의 시인이다. "사람은 온통 상상력이다. 하나님은 사람이시며, 우리 안에 존재하시고, 우리는 그분 안에 존재한다."라는 구절이 암시하듯, 그는 '신성한 말씀', 그리스도의 '신성한 몸', '신성한 인간성' 들이 모두 상상력 그 자체라 믿었다. 「지옥의 격언」 중 하나인 "현재 증명되는 것은 한때는 오직 상상된 것이다."라는 격언이 더욱 의미심장해지는 까닭이다.

　블레이크는 상상력과 인식력이 갖춰졌을 때 인간은 경험의 세계(육체 혹은 물질의 우주)와 순수의 세계(영원 혹은 영혼의 우주)를 동시에 살 수 있다고 믿으며 살았다. 문맹의 아내에게 글을 읽고 쓰는 법과 인쇄하는 법을 가르치며 살았고, 아이도 없이 평생 동안 신비한 시를 쓰고 신비한 그림(판화)을 그리며 살았다. 그런 그를 후대 사람들은 '상상력의 혁명가', '천재 예술가', '신비주의자', '미치광이'로 불렀다. '도어즈(The Doors)'라는 1960년대의 록밴드 이름은 "인식의 문(The doors of perception)이 깨끗이 닦이면 모든 것이 무한히 드러난다"(『천국과 지옥의 결혼』)라는 블레이크의 시구절에서 유래했다. 리드 싱어였던 짐 모리슨 또한 블레이크의 후예였던 것이다. 두 세기를 지난 지금까지도 반항과 부정과 저항, 상상력과 활력과 창조력, 신비와 형이상학과 과학과 예술의 황홀한 접점을 꿈꾸었던 많은 사람들에게 '윌리엄 블레이크'는 창조적 정신의 대부이자 영감의 뮤즈였다. "한 떨기 꽃을 창조함은 몇 세대의 노동이 걸린다."라는 격언 속에 담긴 뜻을 헤아려 본다.

미라보 다리

기욤 아폴리네르

미라보 다리 아래 센 강이 흐르고
　　우리의 사랑도 흐르는데
　　나는 기억해야 하는가
기쁨은 늘 괴로움 뒤에 온다는 것을

　　밤이 오고 종은 울리고
　　세월은 가고 나는 남아 있네

서로의 손을 잡고 얼굴을 마주하고
　　우리들의 팔이 만든
　　다리 아래로
영원한 눈길에 지친 물결들 저리 흘러가는데

　　밤이 오고 종은 울리고
　　세월은 가고 나는 남아 있네

Le Pont Mirabeau

Guillaume Apollinaire

Sous le pont Mirabeau coule la Seine
        Et nos amours
    Faut-il qu'il m'en souvienne
La joie venait toujours aprés la peine

        Vienne la nuit sonne l'heure
        Les jours s'en vont je demeure

Les mains dans les maines restons face à face
        Tandis que sous
    Le pont de nos bras passe
Des éternels regards l'onde si lasse

        Vienne la nuit sonne l'heure
        Les jours s'en vont je demeure

사랑이 가네 흐르는 강물처럼
사랑이 떠나가네
삶처럼 저리 느리게
희망처럼 저리 격렬하게

밤이 오고 종은 울리고
세월은 가고 나는 남아 있네

하루하루가 지나고 또 한 주일이 지나고
지나간 시간도
사랑도 돌아오지 않네
미라보 다리 아래 센 강이 흐르고

밤이 오고 종은 울리고
세월은 가고 나는 남아 있네

L'amour s'en va comme cette eau courante

L'amours s'en va

Comme la vie est lente

Et comme l'Espérance est violente

Vienne la nuit sonne l'heure

Les jours s'en vont je demeure

Passent les jours et passent les semaines

Ni temps passé

Ni les amours reviennent

Sous le pont Mirabeau coule la Seine

Vienne la nuit sonne l'heure

Les jours s'en vont je demeure

"시간이 모든 것을 해결해 준다. ― 라마르크." 화장실에서 봤던 낙서다. 이 낙서를 볼 때마다, 여고 시절 총각 불어 선생에게 배운 "빠스빠스 르땅, 일니아나 쁠뤼뿌르 트레롱땅"(Passe passe le temps, il n'y en a plus pour très longtemps/ 시간은 흘러 흘러가고, 아주 오랫동안이라는 것은 더 이상 없어)으로 끝났던 '너무 늦어버렸어요(Il est trop tard)'라는 샹송 한 소절이 입속에 고이고, "미라보 다리 아래 센 강이 흐르고/ 우리의 사랑도 흐르는데"로 시작됐던 아폴리네르의 「미라보 다리」가 입술 끝에 매달리곤 했다. 그래서일까. 시간이란 내게 화사하면서도 빠르게 '빠스 빠스' 지나가고, 속삭이듯 부드럽게 '미라보 미라보' 흘러간다. 그러나 지나고 나면 시간은, 라마르크가 아니라 잔다르크처럼 강인하고 잔인했던가.

아폴리네르에게 시란 '사람의 그림자'였다. 사람을 그림자 지게 하는 것은 시간이다. 아폴리네르는 신(神)의 그림자인 이 세계를 살고 사랑하고 상상한 사람에게 드리운 시간의 흔적 또는 시간의 이미지를 시에 담아냈다. 그의 시는 한 폭의 풍경이었고, 그 풍경은 우리 삶의 이야기였고, 그 이야기는 은유 혹은 노래로서의 리듬 그 자체였다. 한 남자가 다리 난간에 기대 흘러가는 강물을 응시하고 선 풍경과, 한 남자가 추억하는 삶과 사랑 이야기와, 그리고 입에 감기는 아름다운 운율이 「미라보 다리」에 흐르고 있다. 그러다 누군가는, 이를테면 시인 파울 첼란처럼, 프랑스 혁명가의 이름을 따온 이 미라보 다리 아래로 뛰어내리기도 했던가.

1907년 아폴리네르는 피카소의 소개로 화가 마리 로랑생을 만난다. 그리고 "더 이상 사랑할 수는 없다."라고 말했을 정도로 마리에게 빠져든다. 마리가 미라보 다리에서 가까운 오퇴유 지역으로 이사를 하자 아폴리네르도 마리를 따라서 미라보 다리 가까이 이사를 한다. 마리와 아폴리네르는 미라보 다리를 오가며, 미라보 다리 아래를 영원처럼 흐르는 센 강을 바라보며, 영원한 사랑을 속삭였을 것이다. 팔을 끼거나 어깨를 보듬은 채. 그렇게 5년이 지나고 미술품 절도범으로 몰리게 된 아폴리네르는 설상가상으로 마리로부터 이별을 통보받는다. 이 시는 아폴리네르가 잠시 갇혀 있었던 상태 감옥에서 풀려나 미라보 다리를 걸으며 마리와의 사랑을 회상하며 쓴 시다.

"흰 물결 이는 바다처럼 곱슬한/ 그대 머리칼이 어디로 갔는지/ 그대 머리칼이 그리고 우리의 맹세도/ 덮어 버리는 그대의 손 가을 낙엽들이/ 어디로 갔는지 나는 아는가// 옛날 책을 겨드랑에 끼고/ 센 강가를 거닐었네/ 강물도 내 아픈 마음처럼/ 흘러 흘러가나 마르지 않네"(「마리」)나, "그리운 오퇴유여, 내 커다란 슬픔이 고인 고장이여,/ 나는 쓰라림 없이 너를 떠나지 못했다"(「양쪽 강둑의 산보자」)는 「미라보 다리」의 또 다른 변주들이다. 레오 페레를 비롯해 수많은 가수들이 곡을 붙이고 노래를 한 이 시로 인해 예술과 사랑의 도시 파리가 더욱 빛났으리라. "수르퐁 미라보, 꾸레라 세느(Sous le pont Mirabeau coule la Seine)~"를 노래할 때마다, 떠남 이후에 더욱 격렬해지는 사랑의 부재는 흐르는 강물처럼 단조롭게 그러나 결코 사라지지 않을 듯 빛났으리라.

우리는 모두 다리를 건넌다. 다리 난간에 의지해 다리 아래로 흐르는 강을 바라보기도 한다. 시간의 다리, 사랑과 이별의 다리, 시와 노래의 다리, 마리와 아폴리네르의 다리에 기대어 나는 노래한다. 한 번 담근 물에 다시 발을 담글 수는 없네. 마주 잡았던 손길, 기댔던 팔과 어깨, 그리고 입 맞췄던 입술…… 흐릿하네. 흐르지 않는 게 없네. 다리 건너편의 끝에는 무엇이 기다리고 있을 것인가. 가슴에 품었던 말들이 물비늘로 변해 흐르네. 강물은 되돌아 흐르지 않네. 강물은 언제나 너무 빠르거나 너무 느리고, 오거나 갈 뿐이네. 우리의 사랑처럼 쉬지 않고, 있다가도 없어지며!

푸른 도화선 속으로 꽃을 몰아가는 힘이

딜런 말라이스 토머스

푸른 도화선 속으로 꽃을 몰아가는 힘이
푸른 내 나이 몰아간다, 나무의 뿌리를 시들게 하는 힘이
나의 파괴자다.
하여 나는 말문이 막혀 구부러진 장미에게 말할 수 없다
내 청춘도 똑같은 겨울 열병으로 굽어졌음을.

바위틈으로 물을 몰아가는 힘이
붉은 내 피를 몰아간다, 모여드는 강물을 마르게 하는 힘이
내 피를 밀랍처럼 굳게 한다.
하여 나는 말문이 막혀 내 혈관에게 입을 뗄 수가 없다
어떻게 산속 옹달샘을 똑같은 입이 빠는지를.

웅덩이의 물을 휘젓는 손이
모래 수렁을 움직인다, 부는 바람을 밧줄로 묶는 손이
내 수의(壽衣)의 돛폭을 잡아끈다.

The Force that through the Green Fuse Drives the Flower

Dylan Marlais Thomas

The force that through the green fuse drives the flower
Drives my green age; that blasts the roots of trees
Is my destroyer.
And I am dumb to tell the crooked rose
My youth is bent by the same wintry fever.

The force that drives the water through the rocks
Drives my red blood; that dries the mouthing streams
Turns mine to wax.
And I am dumb to mouth unto my veins
How at the mountain spring the same mouth sucks.

The hand that whirls the water in the pool
Stirs the quicksand; that ropes the blowing wind
Hauls my shroud sails.

하여 나는 말문이 막혀 목 매달린 자에게 말할 수 없다
어떻게 내 살(肉)이 목을 매다는 자의 석회가 되는지를.

시간의 입술이 샘물머리에 붙어 거머리처럼 빨아 댄다,
사랑은 방울져 모인다, 그러나 떨어진 피가
그녀의 상처를 달래 주리.
하여 나는 말문이 막혀 기상(氣象)의 바람에게 말할 수 없다
어떻게 시간이 별들을 돌며 똑딱똑딱 천국을 세는지를.

하여 나는 말문이 막혀 애인의 무덤에 말할 수 없다
어떻게 내 시트에도 똑같이 구부러진 벌레가 기어가는지를.

And I am dumb to tell the hanging man
How of my clay is made the hangman's lime.

The lips of time leech to the fountain head;
Love drips and gathers, but the fallen blood
Shall calm her sores.
And I am dumb to tell a weather's wind
How time has ticked a heaven round the stars.

And I am dumb to tell the lover's tomb
How at my sheet goes the same crooked worm.

'도화선'이라는 말은 도발적이다. '푸른' 도화선은 더더욱 그
러하다. '푸른 도화선(green fuse)'이라는 시어 하나에 매료되
었고, "푸른 도화선 속으로 꽃을 몰아가는 힘(The force that
through the green fuse drives the flower)"이라는 문장 하나에 압
도되었던 '붉은' 청춘들이 있었다. 딜런 토머스는 꽃을 피우기
위해 맹렬히 솟아나는 식물의 줄기를, 폭발을 향해 맹렬히 타들
어 가는 '도화선'에 비유했다. 'force'와 'fuse'와 'flower'를 한
궤로 묶어 버리는 그의 언어 감각과 통찰은 얼마나 파워풀하고
섬세한가. 펜을 쥔 손에서 손으로, 술잔을 문 입에서 입으로 이
시의 첫 연은 또 얼마나 맹렬히 우리의 청춘을 몰아갔던가.

 식물의 줄기는 생명의 심지이자 통로다. 뿌리로부터 물관을
따라 차오르는 물은, 뇌관을 향해 도화선을 따라 타들어 가는 불
을 연상케 한다. 맹렬한 것들은 뜨겁다. 꽃이 뜨겁고 청춘이 뜨
거운 까닭이다. 그 뜨거움이 꽃을 시들게 하고 청춘을 늙게 한
다. 폭발을 향해 타들어 가는, 삶을 죽음으로 몰아가는 이 맹렬
한 시간의 힘 앞에서 무슨 말을 하랴. 여성을 향해 돌진하는 남
성의 욕망, 이 맹렬한 관능의 힘을 향해 무슨 말을 덧대랴. 이 우
주적인 힘을 말로 표현하기에는 역부족이기에 "하여 나는 말문
이 막혀 말할 수 없다(And I am dumb to tell)"를 반복하는 것일
게다.

 그렇게 시간은 꽃과 나이와 물과 피를 몰아간다. 불을 의미하

는 '도화선(fuse)'으로, 물을 의미하는 '밀랍(wax)'으로, 흙을 의미하는 '모래 수렁(quicksand)'으로, 공기를 의미하는 '기상(氣象)의 바람(weather's wind)'으로 전화(轉化)된다. 웅덩이 물을 휘젓는(혹은 바람을 밧줄로 묶는) 손, 물을 빨아 대는 거머리, 구부러진 벌레 들 또한 시간의 구체화된 상관물들이다. 삶과 죽음, 성장과 노쇠, 창조와 파괴의 충동적 에너지는 시의 리듬을 통해서도 구현된다. 'The 명사'로 시작하는 첫 행들, 'And'로 시작하는 넷째 행들, 'How'로 시작하는 마지막 행들의 반복은 정연하다. 1, 3, 5행의 각운들(3, 4연은 변주) 또한 정치하다. 이러한 리듬감이 '황금 같은 베이스'라 불렸던 그의 목소리로 낭독될 때, 딜런(dylan, 웨일스어로 '물결')이라는 그의 이름처럼 격정의 파동을 이루곤 했으리라.

끝 연의 'dumb(벙어리)'과 'tomb(무덤)'은 발음상 호응을 이룬다. 하여 마지막 시어 'worm(벌레)'을 읽고 나면 dumb, tomb에 이어 'womb(자궁)'이 떠오르는 건 나만의 느낌일까. 그 '벌레'가 무덤 속 시체를 갉아먹는 죽음의 벌레이자 자궁을 떠도는 생명의 정충으로 읽히는 까닭이다.(돌연한 4연의 'her'를 주목할 필요가 있다!) 그러니 '시트'는 사랑의 이불이자 죽음의 수의일 것이다. 이처럼 생명과 죽음은 한자리에서 자란다. 첫울음의 순간 우리는 첫 죽음을 경험한다. "첫 죽음 뒤에 다른 죽음이 없"(「런던에서 불타 죽은 아이의 죽음을 애도하기를 거부함」)는 까닭이다. 푸른 도화선 속으로 꽃을 몰아가는 붉은 힘이 지닌 역설의 절정이다. 한 평자가 딜런을 '천사 혹은 악마'라 칭하면서 "순진 (innocence)은 언제나 역설(paradox)이다. 돌이켜 보면 딜런 토 머스는 우리 시대 최대의 역설을 진술한다."라고 평한 까닭이기 도 할 것이다.

이 시는 시인이 열아홉 살 때 발표했으며 그에게 최고 신인상 을 안겨 준 출세작이다. 그는 켈트신화(문화)적 전통이 강한 영 국 남서부 웨일스의 항구도시에서 태어났다. 중학교 졸업 후 시 골의 무명 신문사 기자 노릇을 한 게 교육과 직업의 전부다. 시 인 스스로도 "나는 웨일스다. 나는 술고래다. 나는 인류를 그중 에서도 여자들을 사랑하는 사람이다."라고 말했듯 신비, 도취, 관능은 그의 삶과 시의 나침반이었다. 미국 포크송의 대부, 밥 딜런이 자신의 예명을 그의 이름에서 따왔을 정도로 그의 시에 대한 미국 독자들의 반응은 폭발적이었던바, 그는 시 낭송을 위 해 뉴욕 방문 중 호텔 방에서 서른아홉의 나이로 객사했다. 몽환 과 취기와 방탕의 피로가 시인의 푸른 나이를 몰아갔으며 시인 을 파괴한 것이다.

그의 죽음에 부처 한 소설가는 "이제 이 나라의 흑맥주 술병 마다 딜런의 사진을 붙여야 할 것이다."라고 말했으며, 한 평자 는 "그는 무모하였고, 불꽃처럼 타올랐으며, 불경스러웠고, 순진 하였으며, 추잡스러운 술꾼이었다. 그는 '시인의 원형'이었다."

라고 말했다. "달만이 광분하는 고요한 밤"에, 술 냄새를 풍기며 달빛이 "물보라 치는 페이지 위에 시를 썼"(「나의 기술 또는 침울한 예술로」)을 곱슬머리 금발의 젊은 그가 떠오른다. 취했으니 일필휘지했으리라.

쓰기공책

자크 프레베르

둘에 둘은 넷
넷에 넷은 여덟
여덟에 여덟은 열여섯……
다시! 선생님은 말하고
둘에 둘은 넷
넷에 넷은 여덟
여덟에 여덟은 열여섯.
헌데 저기 하늘을 지나가는
거문고새가 있네
아이는 새를 보고
아이는 새소리를 듣고
아이는 새를 부르네:
날 좀 구해 줘
나랑 놀아 줘
새야!
그러자 새가 내려오고

Page d'Ecriture

Jacques Prévert

Deux et deux quatre

quatre et quarte huit

huit et huit font seize⋯⋯

Répétez! dit le maître

Deux et deux quatre

quatre et quatre huit

huit et huit font seize.

Mais voilà l'oiseau-lyre

qui passe dans le ciel

l'enfant le voit

l'enfant l'entend

l'enfant l'appelle:

Sauve-moi

joue avec moi

oiseau!

Alors l'oiseau descend

아이와 함께 노네

둘에 둘은 넷……

다시! 선생님은 말하고

아이는 놀고

새는 아이와 함께 놀고……

넷에 넷은 여덟

여덟에 여덟은 열여섯이고

그럼 열여섯에 열여섯은 얼마지?

열여섯에 열여섯은 아무것도 아니고

절대로 서른둘은 아니네

어쨌든 아니고

그런 건 멀리 사라지네.

아이가 새를

책상 속에 감추고

모든 아이들은

새의 노래를 듣고

et joue avec l'enfant

Deux et deux quatre······

Répétez! dit le maître

et l'enfant joue

l'oiseau joue avec lui······

Quatre et quatre huit

huit et huit font seize

et seize et seize qu'est-ce qu'ils font?

Ils ne font rien seize et seize

et surtout pas trente-deux

de toute façon

et ils s'en vont.

Et l'enfant a caché l'oiseau

dans son pupitre

et tous les enfants

entendent sa chanson

모든 아이들은

새의 음악을 듣고

여덟에 여덟은 차례 되어 사라지고

넷에 넷도 둘에 둘도

차례차례 꺼져 버리고

하나에 하나는 하나도 둘도 아니고

역시 하나씩 사라지네.

거문고새는 놀고

아이는 노래하고

선생님은 소리치네:

장난질 당장 그만두지 못해!

그러나 모든 아이들은

음악 소리를 듣고

교실의 벽은

조용히 무너지네.

유리창은 모래가 되고

et tous les enfants

entendent la musique

et huit et huit à leur tour s'en vont

et quatre et quatre et deux et deux

à leur tour fichent le camp

et un et un ne font ni une ni deux

un à un s'en vont également.

Et l'oiseau-lyre joue

et l'enfant chante

et le professeur crie:

Quand vous aurez fini de faire le pitre!

Mais tous les autres enfants

écoutent la musique

et les murs de la classe

s'écroulent tranquillement.

Et les vitres redeviennent sable

잉크는 물이 되고
책상들은 숲이 되고
분필은 절벽이 되고
펜대는 새가 되네.

l'encre redevient eau

les pupitres redeviennent arbres

la craie redevient falaise

le porte-plume redevient oiseau.

뭐니 뭐니 해도 자크 프레베르는 내게 이브 몽탕이 부른 샹송 「고엽(枯葉, Les feuilles mortes)」의 작시자로 먼저 떠오른다. 「고엽」은, 프레베르가 시나리오를 썼던 영화 「밤의 문(Les portes de la nuit)」에서, 주인공이었던 몽탕이 직접 불러 불후의 명곡이 되었다. 낙엽이 거친 삽 속에 쓸려 담기듯 우리의 추억 또한 무정한 삶 속에 쓸려 담기지만, 세월은 그렇게 그대와 나를 갈라놓고 사랑의 흔적마저 지워 버리지만, 여름날의 태양 같았던 우리의 사랑을 그대 또한 기억해 주었으면 하는 바람을 담은 노래였던가. 그 깊고 부드러운 목소리와 음률, 노랫말 덕분에 "뚜와 뛰메메 에주떼메(Toi, tu m'aimais et je t'aimais, 그대 날 사랑했고 난 그대를 사랑했네)"와 "뚜와 끼메메 에무아끼떼메(Toi qui m'aimais, et moi qui t'aimais, 날 사랑했던 그대 그대를 사랑했던 나)"라는 불어 문장을 외우기도 했다.

    프레베르가 이렇듯 멜랑콜리한 사랑시만을 썼던 건 아니다. 시인 레이몽 크노는 그를 1940~1950년대 프랑스 젊은이들의 지도자로 칭했다. 신(神)과 부르주아 계급과 학교와 기성세대를 조롱했던 프레베르의 목소리가 젊은이들의 목소리보다 더 젊었기 때문이다. 「쓰기공책」 또한 획일적인 주입식 교육을 풍자한 시다. '거문고새(l'oiseau-lyre, 금조琴鳥)'는 꽁지깃을 펼친 모습이 리라(하프)와 같아서 붙여진 이름인데, 특히 주변의 모든 소리를 그대로 따라하는 새라 한다. 이 거문고새와 함께 아이들이 글자나 숫자 등을 배울 때 베껴 쓰곤 하는 '쓰기공책' 또한 단순

한 모방 교육을 상징한다.

프레베르 시에는 '아이'와 '새'가 자주 등장한다. "피처럼 따 뜻하고 붉은 새/ 그토록 유연하게 날아오르는 새/ 예쁜 아가 그 것은 네 마음"(「새잡이의 노래」)에서처럼, 그는 생명과 사랑과 자 유와 순수를 간직한 그 모든 것들을 '새' 혹은 '예쁜 아가(마음)' 라 부르곤 했다. "이제 다시는 이 아이들처럼 뛰어놀 수 없고", "새들처럼 이 나무에서 저 나무로 날아다닐 수 없는"(「절망은 벤 치 위에 앉아 있다」) 상황이란 그에게 '절망' 그 자체였다. "이 세 상 모든 사람들을 즐겁게 해 주려고/ 모든 사람들에게 그의 새를 나누어 주는"(「유리장수의 노래」) '새 장수'처럼 자유로운 영혼을 희구했던 프레베르는 거짓과 권위로 상징되는 숨 막히는 질서와 경직된 삶을 일관되게 희화화하고 부정하곤 했던 것이다.

지루한 산수 시간. 아이는 "둘에 둘은 넷/ 넷에 넷은 여덟", 그 리고 "다시!"와 같은 단순 반복의 암기식 수업에 흥미가 없다. 아이는 하늘을 나는 새처럼 자유롭게 생각하고 자유롭게 꿈꾸 고 싶어 한다. 그러고는 "모든 걸 지운다/ 숫자와 말과/ 날짜와 이름과/ 문장과 함정을/ 갖가지 빛깔의 분필로/ 불행의 흑판에 다/ 행복의 얼굴을 그린다/ 선생님의 야단에도 아랑곳없이/ 우 등생 아이들의 야유도 못들은 척"(「열등생」)한다. 새의 노래를 따 라하는 아이를 향해 선생님은 "당장 그만두지 못해!"라고 소리 쳐 보지만, 아이의 마음을 흉내 내며 노래하는 거문고새의 자유 로운 노랫소리는 선생님의 목소리를 이긴다. 한 아이에게서 시작된 거문고새의 노랫소리를 모든 아이들이 따라하게 될 때, '교실의 벽'은 무너지고 온갖 교육의 도구들은 모래 · 물 · 숲 · 깃털 등 자연 그 자체로 환원된다. '프레'는 '초원'이라는 뜻이고 '베르'는 '초록'이라는 뜻이다. '프레베르'라는 그의 이름처럼 프레베르는 자연스럽고 자유로운 시 정신을 잃지 않았던 시인이다.

이 시를 읽다 보면, 학생에게 사물을 다른 각도에서 보고 '카르페 디엠(Carpe diem, 지금을 살아라.)' 하라던 키팅 선생을 '오, 마이 캡틴!'이라 외치던 영화 「죽은 시인의 사회」가 떠오르고, 공책과 책장은 물론 세상 모든 것들 위에 '자유'라고 쓰고 또 쓰던 폴 엘뤼아르의 「자유」라는 시가 떠오른다. "됐어 됐어 이제 그런 가르침은 됐어/ 그걸로 족해 족해 내 사투리로 내가 늘어놓을래"로 시작하는 서태지와 아이들의 「교실 이데아」가 떠오르고, "초등학교 4학년이면 인생이 결정된다."라는 슬로건 아래 '공부 기계', '학원 기계'로 전락해 가는 우리 아이들이 떠오른다. 그리고 프레베르의 다른 시 "오, 어린 시절은 얼마나 비참한가/ 지구는 회전을 멈추고/ 새들은 더 이상 노래하려 들지 않고/ 태양은 빛나기를 거부하고/ 모든 풍경은 움직이지 않는다/ (……)/ 우리는 안개 속에서/ 나이 든 늙은이들의 안개 속에서 숨이 가쁘다"(「어린 시절」)라는 구절이 떠오른다.

프레베르 시는 쉽다. '그가 표현한 그대로'가 바로 그가 쓴 시의 의미다. 보들레르에서 랭보로 이어지는 프랑스 상징주의 시인들이 쌓아 놓은 그 난해하고 현란한 상징의 장벽을 무시할 수 있는 자유를 선사한다고나 할까? 입말에 가까운 그의 시는 자연스러운 언어로 자연스러운 일상의 풍경들을 포착하곤 한다. 새의 노래처럼 가볍게! 소리와 의미 차원에서 자연스럽게 이루어지는 반복 형식은 시 전체에 동적인 분위기와 리듬감을 부여한다. 아이의 노래처럼 즐겁게! 때문에 그의 시는 소리 내어 읽었을 때 담백하면서 시원한 시의 맛이 완성된다. 읽고 나서는 자신도 모르게 따라 노래하게 되는 시, 그게 바로 프레베르의 시다.

가을에게

존 키츠

1

안개와 열매가 무르익는 계절
　성숙시키는 태양과 내밀한 친구여,
태양과 공모하여 초가의 처마를 휘감은
　포도 덩굴에 열매를 매달아 축복하고,
이끼 낀 오두막 나무들을 사과들로 휘게 해
　열매마다 속속들이 익게 하고,
　　조롱박을 부풀리고 개암 껍질 속
　달콤한 속살을 여물게 하고, 꿀벌들을 위해
늦은 꽃들의 망울을 다시 피워 내서는
더운 날들이 끝나지 않을 거라 믿는 꿀벌들로 하여금
　여름이 끈적한 벌집을 흘러넘치게 했기에.

2

누군들 수확물 사이에서 그대를 보지 못했으랴?
　이따금 찾아 나서면 누구든 발견할 수 있으리

To Autumn

JOHN KEATS

1

Season of mists and mellow fruitfulness,

  Close bosom-friend of the maturing sun;

Conspiring with him how to load and bless

  With fruit the vines that round the thatch-eves run;

To bend with apples the moss'd cottage-trees,

  And fill all fruit with ripeness to the core;

    To swell the gourd, and plump the hazel shells

  With a sweet kernel; to set budding more,

And still more, later flowers for the bees,

Until they think warm days will never cease,

    For Summer has o'er-brimm'd their clammy cells.

2

Who hath not seen thee oft amid thy store?

  Sometimes whoever seeks abroad may find

그대는 곡물 창고 바닥에 퍼질러 앉아

　키질하는 바람에 머리카락을 나부끼고 있거나,

낫질을 하다 말고 양귀비 향기에 취해 졸린 듯

　다음 이랑의 곡식이며 뒤엉킨 꽃들을 남겨 둔 채

　반쯤 베어 낸 밭두렁에 깊이 잠들어 있고,

그리고 이따금 그대는 이삭 줍는 사람처럼

　짐을 인 머리를 가누며 도랑 건너편을 향해 가거나,

　사과 압축기 곁에서 참을성 있게

　마지막 방울까지 몇 시간을 지켜보고 있으니.

3

봄의 노래는 어디에 있는가? 아, 어디에 있는가?

　봄노래는 생각지 말라, 그대도 또한 그대 노래가 있으니

물결구름이 부드럽게 사라지는 낮을 꽃피워

　그루터기만 남은 들판을 장밋빛으로 물들일 때,

불었다 잦아지는 하늬바람에 높게 들렸다

Thee sitting careless on a granary floor,

  Thy hair soft-lifted by the winnowing wind;

Or on a half-reap'd furrow sound asleep,

  Drows'd with the fume of poppies, while thy hook

    Spares the next swath and all its twined flowers;

And sometimes like a gleaner thou dost keep

  Steady thy laden head across a brook;

  Or by a cyder-press, with patient look,

    Thou watchest the last oozings hours by hours.

3

Where are the songs of Spring? Ay, where are they?

  Think not of them, thou hast thy music too, —

While barred clouds bloom the soft-dying day,

  And touch the stubble-plains with rosy hue;

Then in a wailful choir the small gnats mourn

낮게 처지는, 강가의 버드나무 사이에서
작은 각다귀들 서글픈 합창으로 읊조리고,
다 자란 양들이 언덕배기에서 요란스레 울어 대고,
울타리 귀뚜라미들 노래하고, 지금 부드러운 고음으로
울새가 채마밭에서 휘파람을 불고,
모여든 제비들은 하늘에서 지저귀고 있느니.

Among the river sallows, borne aloft
   Or sinking as the light wind lives or dies;
And full-grown lambs loud bleat from hilly bourn;
  Hedge-crickets sing; and now with treble soft
  The red-breast whistles from a garden croft;
   And gathering swallows twitter in the skies.

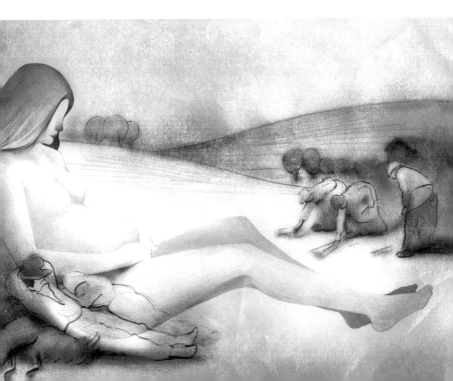

가을은 어떻게 오는가? 무슨 짓을 하는가? 무르익게 한다! 여름을 무르익게 하고 세상을 무르익게 하고 우리를 무르익게 한다. 세상은 포도와 사과와 조롱박과 개암과 벌꿀이 가득한 만찬 준비로 분주하다. 여름과 연장된 초가을 오전의 주렁주렁한, 꽉 찬, 향긋한, 부푼, 여문, 달콤한, 끈적끈적한 미각과 후각들이 한 입 그득하다. 무르익어 가는 식물적 상상력은 '젖가슴을 지닌 여성'처럼 풍요롭다. 만지고 베어 물고 빨고 싶게 한다. 가을을, 태양의 'bosom-friend' 그러니까 '가슴 친구' 혹은 '가슴이 통하는 친구'라 표현한 까닭일 것이다. 키츠는 심장을 가리켜 "정신이나 지식이 아이덴티티를 빨아먹는 젖꼭지"라 했는데, 그에게 시인이란 심장이 발달된 그러니까 가슴이 있는 샤먼과도 같았다. 무르익은 가을은 이렇듯, 우리들 심장 안쪽에 있는 여성적 가슴의 존재를 환기해 주곤 한다.

　가을은 어디에 있는가? 어떤 모습인가? 바람이나 향기에, 공기나 허공에! 그 어디든 스며들고 그 어디든 현존한다. 가을을 거둬들이는 사람들을 보라. 힘껏 다 써 버린 육체에도 깃들어, 취하게 하고 졸리게 하고 나른하게 한다. 수확물들 틈에 앉아 바람을 맞는 머리카락, 양귀비 향기에 취한 듯 밭두렁에서 잠시 감긴 밭두렁의 눈꺼풀, 이삭 더미를 이고 도랑 건너편을 향하는 힘겨운 고개, 사과즙이 짜지는 압착기를 세월아 네월아 바라보고 있는 나른한 시선 등은 가을에의 몽상이 극대화된 신체 부위들이자 풍경들이다. 가을 한가운데, 오후 한가운데, 그리고 노동의 한가운데서 잠시 무장해제된 가을의 모습들이다. 「낮잠」이나 「이삭 줍는 사람들」과 같은 밀레의 그림들이 떠오르는.

그리고 가을은 무엇을 노래하는가? 어떻게 가는가? 강가나 언덕이나 하늘, 울타리나 채마밭에서 각다귀, 양, 귀뚜라미, 울새, 제비 들이 한껏 제 노래에 취해 있다. 낮은 낮대로 밤은 밤대로! 덩달아 우리들 귓바퀴도 쫑긋쫑긋 나풀나풀 자란다. 귀뚜라미나 양들에게 가을은 짝짓기의 계절이다. 각다귀들도 알을 남기고 여름을 떠나야 하고, 제비나 울새도 더 추워지기 전에 따뜻한 곳을 찾아 떠나야 한다. 그러므로 그들의 노래는, 죽음을 예감하는 쇠락의 절정에서 강렬한 사랑 혹은 삶에 대한 애착을 구가하는 소리들이다. 장밋빛 황혼이 드리운 늦가을의 저물녘이라면 더더욱! 그들이 부르는 가을 노래에는 다음 봄을 잉태하고 생명을 남기려는 의지가 담겨 있기에 "들리는 가락은 감미롭다. 그러나 들리지 않는 가락은/ 더욱 감미로운"(「그리스의 유골 항아리에 부치는 노래」) 것이다.

키츠의 「가을에게」를 읽노라면 가을이 우리들 영혼을 훈련시키는 또 다른 계곡임을 믿게 된다. 생생한 관능과 도취, 그 안에 깃든 휴식과 사멸의 이미지들이 감각의 홍수처럼 밀려오기 때문이다. 행과 연의 짜임새, 유려한 압운과 리듬은 물론, 특히 성숙한 명사와 형용사가 흘러넘치는 비유와 묘사의 매력에도 주목해야 한다. 19세기 초(이 시는 1819년 9월에 완성되었다.)의 가을 풍경을 노래한 이 시는 매혹적인 가을의 홀로그램만 같다. 이 시가 키츠의 송시(ode) 중 가장 섬세하고 아름다운 시, 영어로 된 짧은 시 중 가장 완벽에 가까운 시, 시인이 말하고자 하는 모든 것을 다 말한 시로 평가되는 요인들일 것이다.

키츠의 탁월한 업적 중 하나는 아름다움에 대한 부단한 천착이었다. 아름다움을 욕망하는 것이 인간의 본능적 감각이라고 믿었던 키츠는, 모든 생멸하는 것들 안에 역동적으로 내재하는 영원한 아름다움을 시로 구현하고자 했다. "〈아름다움은 진리고, 진리는 아름다움이다〉/ 이것이 이 세상에서 그대가 아는 모든 것이며, 또 알아야 할 모든 것이다"(「그리스의 유골 항아리에 부치는 노래」)라는 시구절이 이를 대변한다. 아름다움은 무상하기 때문에 아름다운 것이고 그것 자체가 아름다운 진리라는 것, 이것이 키츠가 꿈꾸었던 아름다움의 역설 혹은 불가능성이었다. 스무 살 무렵부터 빼어난 시들을 쓰기 시작해, 1821년 결핵으로 25년 4개월의 짧은 생을 마감하기 전까지, 겨우 4년 동안 쓴 시들로 키츠는 세계적으로 유명한 시인이 되었고 19세기 영국 낭만주의 시를 완성했다.

키츠는 한 편지에서 "나무에서 나뭇잎들이 돋아나듯이 그렇게 자연적으로 우러나오지 않는 시라면 아예 나오지 않는 편이 나을 것."이라고 했다. 또 다른 편지에서는 "시인은 모든 것인 동시에 아무것도 아니다."라고도 했다. 좋은 시는 여성의 가슴을 닮은 심장에서 자연스럽게 흘러나오는 것이고, 좋은 시인이란 '어떤 개성이나 고정된 성격'으로부터 해방되어 세상에 자연스럽게 흘러드는 여성적 그릇과 같은 존재라는 것이다. 결핵을 치료하기 위해 따뜻한 이탈리아에서 머물다 그곳에서 생을 마감했는데 로마에 있는 키츠의 묘비에는 이렇게 새겨져 있다. "여기 물 위에 이름을 쓴 자가 누워 있노라(Here lies one whose name was writ in water)"! 자연적으로 우러나고, 자연스럽게 흘러들 듯 살다 간 키츠와 키츠의 시들을 떠올려 보는 가을이다. 그의 시 제목처럼 "얼마나 많은 시인들이 흘러간 시간을 빛나게 했던가"!

복사꽃 마을의 이야기와 시

도연명

    진(晉)나라 태원(太元) 연간에 무릉(武陵) 지방 사람이 물고기를 잡으며 살아가고 있었는데, 하루는 시내를 따라가다가 길을 얼마나 멀리 왔는지 잊어버렸다. 홀연 복숭아나무 숲을 만났다. 시내의 양 언덕 수백 보 되는 땅 안에 다른 나무는 없고 향기로운 풀이 선뜻하고 아름다웠으며, 떨어지는 꽃잎이 펄펄 바람에 흩날리고 있었다. 어부는 매우 이상하게 여기고 다시 앞으로 나아가며 그 숲 끝까지 가 보려고 하였다. 숲은 시냇물의 발원지에서 끝나고 거기에 산이 하나 있었다. 산에는 작은 동굴 입구가 있었는데 빛이 나오는 것 같았다. 곧 배를 버리고 입구로 들어갔다. 처음에는 매우 좁아서 겨우 한 사람이 지나갈 만하였다. 다시 수십 보를 가니 툭 트이며 밝아졌다. 토지는 평탄하고 넓었으며 가옥이 가지런하게 늘어서 있고, 비옥한 밭과 아름다운 못과 뽕나무며 대나무 같은 것들도 있었다. 밭 사이의 길은 사방으로 통하고 닭과 개 소리가 곳곳에서 들렸다. 그 가운데에서 사람들이 왕래하면서 밭을 갈고 있었는데, 남녀의 옷차림이 모두 바깥세상의 사람들과 같았다. 노인과 어린이 모두 기쁜 듯이 저마다 즐거워하고 있었다. 그들은 어부를 보고는 크게 놀라면서 어디서 왔냐고 물었다. 어부가 자세히 대답해 주자 곧 그를 초대하여 집으로 데리고 돌아가, 술자리를 벌여 닭을 잡고 음식을 만들어 대접했다.

桃花源記幷詩

陶淵明

晉太元中, 武陵人捕魚為業. 緣溪行, 忘路之遠近. 忽逢桃花林, 夾岸數百步, 中無雜樹, 芳草鮮美, 落英繽紛. 漁人甚異之. 復前行, 欲窮其林. 林盡水源, 便得一山. 山有小口, 髣彿若有光, 便舍船從口入. 初極狹, 纔通人. 復行數十步, 豁然開朗. 土地平曠, 屋舍儼然, 有良田美池桑竹之屬. 阡陌交通, 雞犬相聞. 其中往來種作, 男女衣著, 悉如外人; 黃髮垂髫, 並怡然自樂. 見漁人, 乃大驚. 問所從來, 具答之. 便要還家, 設酒殺雞作食.

村中聞有此人, 咸來問訊. 自云先世避秦時亂, 率妻子邑人來此絕境, 不復出焉, 遂與外人間隔. 問今是何世, 乃不知有漢, 無論魏晉. 此人一一為具言所聞, 皆嘆惋. 餘人各復延至其家, 皆出酒食. 停數日, 辭去. 此中人語雲: "不足為外人道也." 既出, 得其船, 便扶向路, 處處誌之.

及郡下, 詣太守說如此. 太守即遣人隨其往, 尋向所誌, 遂迷, 不復得路.

南陽劉子驥, 高尚士也, 聞之, 欣然規往. 未果, 尋病終. 後遂無問津者.

마을 사람들이 이런 사람이 와 있다는 것을 듣고는 모두 와서 바깥 세상의 소식을 물었다. 그들 스스로 말하길, "선조가 진(秦)나라의 난리를 피하여 처자식과 마을 사람을 이끌고 세상과 떨어진 이곳에 와서, 다시 나가지 않아 마침내 외부 사람과 단절이 되었다" 하고는, "지금이 어느 시대요?"라고 물었다. 한(漢)나라가 있는지조차 모르니 위진(魏晉)은 더 말할 것도 없었다. 이 어부가 자기가 들은 것을 그들을 위해서 하나하나 자세히 말해 주니, 모두 탄식하고 놀랐다. 나머지 사람들도 각기 또 어부를 초청하여 자기들 집으로 데리고 가서 모두 술과 밥을 내놓고 대접했다. 며칠 머물다가 작별하고 돌아가려고 하자, 이 마을 사람이 "바깥세상 사람들에게 말하지 마시오." 하였다. 어부가 나와서 배를 찾아, 지난번의 길을 따라가면서 곳곳에 표시를 해 두었다.

군(郡)에 이르러 태수를 만나 보고 이런 일이 있었음을 아뢰었다. 태수가 곧 사람을 보내 그가 가는 곳을 따라가 전에 표시해 둔 곳을 찾게 하였으나 끝내 길을 잃고 더 이상 가는 길을 찾지 못했다.

남양(南陽)의 유자기(劉子驥)는 고상한 선비다. 이 말을 듣고 기뻐하며 그곳을 찾아갈 계획을 세웠으나 실현하지 못하고 얼마 지나지 않아 병들어 죽었다. 그 후로는 마침내 그곳을 찾는 자가 없었다.

진시황(秦始皇)이 천하의 질서를 어지럽히자

어진 사람들은 그 난세를 피하였네.

하황공(夏黃公)과 기리계(綺里季)는 상산(商山)으로 은거하고

도화원(桃花源)의 조상들도 떠났네.

지나간 자취 점차 파묻혀 없어지고

도화원으로 왔던 길도 마침내 황폐해졌다네.

서로 격려하며 농사일에 힘쓰고

해 지면 서로 더불어 돌아와 쉬었다네.

뽕나무와 대나무는 짙은 그늘 드리우고

콩과 기장은 철 따라 심네.

봄에는 누에에서 긴 실을 뽑고

가을에는 수확해도 세금이 없네.

황폐한 길은 내왕하기에 흐릿하고

닭과 개만 서로 소리 내어 운다네.

제사는 여전히 옛 법도대로 하고

복장도 새로운 모양이 없구나.

아이들은 마음껏 다니면서 노래 부르고

嬴氏亂天紀,

賢者避其世.

黃綺之商山,

伊人亦云逝.

往跡浸復湮,

來逕遂蕪廢.

相命肆農耕,

日入從所憩.

桑竹垂餘蔭,

菽稷隨時藝.

春蠶收長絲,

秋熟靡王稅.

荒路曖交通,

雞犬互鳴吠.

俎豆猶古法,

衣裳無新製.

童孺縱行歌,

노인들은 즐겁게 놀러 다니네.

초목이 무성하면 봄이 온 걸 알고

나무가 시들면 바람이 매서움을 아노라.

비록 세월 적은 달력 없지만

사계절은 저절로 한 해를 이루나니

기쁘고도 즐거움이 많은데

어찌 수고로이 꾀쓸 필요 있으랴.

기이한 자취 오백 년 숨어 있다가

하루아침에 신선 세계 드러났네.

순박함과 경박함 본래부터 서로 달라

곧바로 다시 깊이 숨었네.

세속의 사람들에게 묻노니

어찌 세속 밖의 일을 알 수 있으리오.

원하노니 가벼운 바람 타고

높이 날아 나와 뜻 맞는 사람 찾고 싶네.

斑白歡游詣.

草榮識節和,

木衰知風厲.

雖無紀歷志,

四時自成歲.

怡然有餘樂,

于何勞智慧.

奇蹤隱五百,

一朝敞神界.

淳薄既異源,

旋復還幽蔽.

借問遊方士,

焉測塵囂外.

願言躡輕風,

高舉尋吾契.

"조용히 동쪽 처마에 앉아/ 봄 막걸리 홀로 마시노라니/ 좋은
벗은 멀리 있어/ 우두커니 머리만 긁적이누나!"(「멈추어 선 구름
(停雲)」) 봄날 저물녘이면 문득 떠오르는 시다. 흰 배꽃잎을 띄
워 놓은 듯 거품이 동동 뜬 봄 막걸리는 봄 취흥을 돋운다. 여기
에 이런 애틋한 사랑시가 덧붙여진다면? "나무라면 오동나무가
되어/ 그녀 무릎 위에서 울리는 금(琴)이 되고 싶지만/ 즐거움이
지극하면 슬픔이 생기리니/ 끝내는 나를 밀어내고 연주를 그칠
까 슬프구나."(「애정의 갈망을 가라앉히며(閑情賦)」) 도연명 시의
진술하면서도 단아한 시적 흥취를 엿볼 수 있는 구절들이다.

　도연명은 은일(隱逸) 시인이자 전원(田園) 시인의 으뜸으로 꼽
힌다. 그에게 관직과 녹봉은 '속세의 그물'이자 '새장'에 불과했
다. "세상이 나와 서로 어긋나 맞지 않거늘/ 다시 수레를 몰아
무엇을 구할 것인가"(「돌아가자(歸去來兮辭)」), "인생은 환상과
도 같아/ 결국엔 무(無)로 돌아가리라"(「전원의 집으로 돌아와(歸
園田居)」)라며 "마침내 곧은 본성 지키고자/ 옷을 털고 전원으로
돌아온"(「술을 마시다(飮酒)」)다. 이런 문장들을 되뇌다 보면 배
짱이 두둑해지는 게, 나를 버린 혹은 나를 몰라보는 세상을 향해
허리 굽히지 않을 것도 같다. 한번쯤 맞짱 떠 볼 만도 하겠다.

　도연명은 마흔에 귀거래하여 예순세 살까지 전원에 은일하다
생을 마쳤다. "굶주림이 나를 밖으로 내몰지만/ 도대체 어디로 가
야 할지 모르겠구나"(「밥을 구걸하며(乞食)」)라고 노래할 정도로
가난했으되 책 읽기를 좋아하고 시 쓰기를 좋아했다. 술을 좋아

하고 거문고 타기를 좋아했다. 그리고 무엇보다 밭 갈고 김매는 농사일을 좋아했다.

집 옆에 버드나무 다섯 그루가 있어 '오류(五柳)'로 호를 삼았던 그는 「오류선생전(五柳先生傳)」을 지어 자신의 생을 이렇게 일갈했다. "좁은 집은 텅 비어 있고 바람과 햇볕을 가리지 못하였다. 짧은 베옷은 해진 데를 기웠고, 밥그릇과 표주박이 종종 비었지만 태연하였다. 항상 문장을 지어 스스로 즐기며 자못 자기의 뜻을 나타내고 이해득실은 잊은 채 이런 태도로 스스로의 일생을 마쳤다."

도화원 '시(詩)'는 산문에 해당하는 도화원 '기(記)'와 짝을 이루며 무릉도원의 서정성을 끌어올리고 있다. 고기를 잡으러 배를 타고 가던 어부가 우연히 발견한 이 '도화원'은 동양적 이상향의 상징이자 상상력의 원천이었다. 더 거슬러 가면 3000년, 6000년, 9000년 만에 복숭아가 열린다는 서왕모의 빈도원(蟠桃園)이 있고, 그 천도(天桃) 복숭아를 훔쳐 먹고 삼천갑자를 살았다는 동방삭이 있다. 유비, 관우, 장비가 형제의 결의를 맺었던 곳도 도원(桃園)이었다. 이백이 「산중문답(山中問答)」에서 노래했던 "별유천지비인간(別有天地非人間)"의 도화유수(桃花流水)도 있고, 안평대군의 꿈을 대신 그렸다는 안견의 「몽유도원도」도 있다. 모두 복숭아 꽃잎이 떠가는 풍경에 빗대어 자신들이 꿈꾸는 이상향을 표현하고 있다.

이곳, 도연명의 도화원은 이상 세계를 꿈꾸던 남양의 선비 '유

자기'가 찾아 나서려 했지만 병사함으로써 좌절했고, '태수' 또
한 표시해 둔 곳을 따라갔지만 끝내 길을 잃고 말았던 곳이다.
어부 혹은 도연명의 '한 봄밤의 꿈'이자 이를 수 없는 유토피아
였을 것이다. 유토피아라는 말 자체가 오유지향(烏有之鄕), 즉 아
무 데도 존재하지 않는 이상향이라는 뜻을 담고 있다. 특히 도연
명이 살았던 난세를 염두에 두고 볼 때 이 도화원은 현실 정치에
대한 강한 거부감과 이상 사회에 대한 비전을 시사한다.

　"진시황(秦始皇)이 천하의 질서를 어지럽히자/ 어진 사람들은
그 난세를 피하였네."라는 시의 첫 구절이 설명하고 있듯, 도화
원의 "기이한 자취 오백 년"에는 진(秦)에서부터 송(宋)의 난세
사가 깔려 있기 때문이다. 진(秦)나라 말기에 난세를 피하여 상
산(商山)에 숨어들었던 '하황공'이나 '기리계'처럼, 그리고 도화
원에 숨어 사는 사람들처럼, 도연명 또한 전원과 더불어 소박하
게 소통하고 나누고 협력하는 삶, 자유롭게 자족하고 자적하고
자립하는 삶, 자연과 더불어 노동하고 수확하고 자연으로 돌아
가는 삶을 꿈꾸었던 것이다.

　푸른 계곡에서 노니는 물고기를 따라간 곳, 뽕잎 그늘 아래 복
사꽃빛 얼굴로 도란도란 댓잎 소리처럼 속삭일 수 있는 곳, 콩
이나 기장 등속을 뿌리고 거두며 누에 치고 옷감을 짜며 사는
곳, 국가가 없으니 전쟁도 없고 국법도 없고, 돈이 없으니 세금
도 없고 빈부도 없고, 권력이 없으니 위정자도 없고 귀천도 없는
곳…… 계층과 계급이 없고 거짓과 미움과 착취와 약탈이 없으

니 뽕나무처럼 담백하게, 대나무처럼 강건하게, 아니 하얗고 붉게 설레는 복사 꽃빛처럼 살밖에! 복사 꽃잎처럼 가볍게 세상 위에 떠서 평등평화롭게 살 수 있는 그곳은 그러니까 이상한 나라일까?

아발론, 산티니케탄, 갈라파고스, 엘도라도, 유토피아, 샹그릴라, 무릉도원, 그리고 청산, 이어도, 율도국, 청학동…… 난세와 염세 사이에서 불러 보는 이름들이다.

바다의 미풍

스테판 말라르메

육체는 슬프다, 아아! 그리고 나는 모든 책을 다 읽었구나.
달아나리! 저곳으로 달아나리! 미지의 거품과 하늘 가운데서
새들 도취하여 있음을 내 느끼겠구나!
어느 것도, 눈에 비치는 낡은 정원도,
바다에 젖어드는 이 마음 붙잡을 수 없으리,
오 밤이여! 백색이 지키는 빈 종이 위
내 등잔의 황량한 불빛도,
제 아이를 젖먹이는 젊은 아내도.
나는 떠나리라! 그대 돛대를 흔드는 기선이여
이국의 자연을 향해 닻을 올려라!
한 권태 있어, 잔인한 희망에 시달리고도,
손수건들의 마지막 이별을 아직 믿는구나!
그리고, 필경, 돛대들은, 폭풍우를 불러들이니,
바람이 난파에 넘어뜨리는 그런 돛대들인가
정적을 잃고, 돛대도 없이, 돛대도 없이, 풍요로운 섬도 없
이⋯⋯
그러나, 오 내 마음이여, 저 수부들의 노래를 들어라!

Brise Marine

STEPHANE MALLARMÉ

La chair est triste, hélas! et j'ai lu tous les livres.

Fuir! là-bas fuir! Je sens que des oiseaux sont ivres

D'être parmi l'écume inconnue et les cieux!

Rien, ni les vieux jardins reflétés par les yeux

Ne retiendra ce cœur qui dans la mer se trempe

Ô nuits! ni la clarté déserte de ma lampe

Sur le vide papier que la blancheur défend,

Et ni la jeune femme allaitant son enfant.

Je partirai! Steamer balançant ta mâture,

Lève l'ancre pour une exotique nature!

Un Ennui, désolé par les cruels espoirs,

Croit encore à l'adieu suprême des mouchoirs!

Et, peut-être, les mâts, invitant les orages

Sont-ils de ceux qu'un vent penche sur les naufrages

Perdus, sans mâts, sans mâts, ni fertiles îlots...

Mais, ô mon cœur, entends le chant des matelots!

시인이란 '손가락으로 여러 감각이 진동하는 것을 느끼는 악기'와 같은 존재다. 프랑스 상징주의를 이끈 '시의 수도사' 말라르메의 비유다. 악기들이 연주하는 것이 허공이고 바람이듯, 시가 노래하는 것은 백지이고 여백이다. 말라르메는 "거기서, 바로 종이 위에서, 내가 모르는 어떤 마지막 별들의 반짝거림이 의식 사이의 한결같은 공허 속에서 한없이 순수하게 흔들리고 있었다."(발레리에게 보낸 편지에서)라며, 허공의 바람이 불러일으키는 감각의 진동을 백색의 종이 위에 언어화하고자 했다. 그에게 시란 '언어로 사유하는 부재'였다.

「바다의 미풍」은 말라르메의 초기 시다. 슬픈 육체, 다 읽어버린 모든 책, 눈에 익은 낡은 정원, 밤새 백색의 종이와 씨름했으나 결국 태어나지 못한 시, 아이에게 젖을 먹이는 젊은 아내…… 안락한 시인의 일상들이다. 지금 당장 손수건이라도 흔들며 이별해야 하는 권태의 거처이기도 하다. 하여 시인은 그것들로부터 떠나고자 한다. 사실은 언젠가 떠날 수 있을 거라 믿는, 그런 잔인한 희망에 시달린다. 폭풍우와 난파와 죽음이 기다리고 있음을 알면서도. 이때 미지(未知)의 거품과 하늘에 도취한 새는, 이국의 자연에 도취한 수부(水夫)이자 한 편의 시에 도취한 시인 자신이기도 하다. 미지의 세계를 열망하기에 위험을 무릅쓴 채 바람을 따라 떠나야만 하는 존재들이라는 점에서 그렇다.

수부가 돛폭의 휘날림으로 배의 향방을 잡고 항해하듯, 시인 또한 부재의 일렁임으로 언어를 이끌며 백색의 종이를 항해한다. 배의 흰 돛에 유도된 바다는 곧 부재의 언어에 유도된 미지의 세계와 같다. 그러기에 그는 "없음이라, 이 거품, 처녀시는/ 오직 술잔을 가리킬 뿐;/ 그처럼 저 멀리 세이렌의 떼들/ 수없이 뒤집혀 물에 빠진다"(「인사」)라고 노래했다. 배가 뭍을 떠남으로써 미지의 바다를 발견하듯, 시인 또한 익숙한 일상을 벗어날 때 아직 쓰이지 않은 '처녀시(vierge vers)'를 발견할 수 있다.

그러니 백색의 종이 앞에서 고뇌하는 시인의 고통은, 별의 지도를 보며 어둠과 폭풍우와 암초 따위와 싸워야 하는 수부들의 죽음을 무릅쓴 고뇌와도 같다. "미(美)가 곧 죽음이 아니라면……/ 어떠한 매혹에/ 내 이끌렸는지,"(「에로디아드」)에서처럼, 미지에 대한 매혹은 죽음을 무릅쓴 바다의 미풍(微風)이자 쓰이지 않은 '처녀시'의 미풍(美風)이기도 할 것이다.

말라르메의 '처녀시'는 '한 권의 책'으로 종결된다. 그는 "세계는 하나의 책에 도달하기 위해 만들어졌"(쥘 위레와의 대담에서)으며, 그 책은 "요컨대 단 한 권밖에는 없다고 확신하는 책"이며 "시인의 유일한 임무인 대지에 대한 오르페우스적 설명"(베를렌에게 보낸 편지에서)이라고 했다. '말라르메의 책'을, 우주의 모든 것을 종합하는 '대작(grand œuvre)' 혹은 '(대문자) 책(Le Livre)'이라 부르는 까닭이다. 세상 모든 것은 결국 표현되고 말 것이라는 말라르메의 이 같은 꿈은, 우주의 모든 것이 겹치지 않고 동시에 담겨 있다는 보르헤스의 작은 구슬 '알렙(Aleph)'을 연상케 한다.

닿을 수 없는 미지의 아름다움을 좇아 익숙한 세계로부터 떠나고자 하는 심혼의 열망과 그 과정 자체야말로 예술의 운명이고 시의 운명이다. 말라르메는 평생을 아이와 아내 곁에서 쌓여 있는 책과 비어 있는 종이와 씨름하며 예술을 살았고 시를 살았다. '모든 책'을 읽으면서 '단 한 권의 책'을 꿈꾸었고, 퇴고에 퇴고를 거듭하며 '단 한 편의 시'를 향해 정진했다. 모든 시에 저항하며 언어의 본성과 가능성을 끝까지 밀고 나가는 단 한 편의 시, 써질 수 없기에 패배가 예정된 시론을 향한 끝 모를 도전과 도정이 그의 삶의 전부였다.

"나는 들려 있다. 창공! 창공! 창공! 창공!"(「창공」)이라는 외침이나, "필경 200번이나 이 시를 스스로 읽고 나서 완성했다고 확신하는 바입니다. 이제 검토해야 할 다른 면이 남아 있는데, 미학적인 면이지요. 아름다운가요? 미가 아른거리나요?"(카잘스키에게 보낸 편지에서)라는 물음처럼, 온몸으로 살아 냈던 시의 실천이 바로 말라르메 시의 윤리이기도 하다. 그를 '시의 수도사'라 부르는 까닭이다.

말라르메는 1898년, 쉰여섯의 가을에 급작스러운 호흡곤란으로 유명을 달리했다. "그러니, 태워 버리거라. 문학적으로 남길 만한 유산은 없다."라며 '반백 년이나 된 많은 기록들'의 유고 출판을 금지하는 유언을 남긴 채!

그리고, 백 년이 지난 지금 나는 쓴다. 말라르메여, "내가 꿈을 사랑하였던가?"(「목신의 오후」)라고 물었던 말라르메여, 당신이 꿈꾸던 바다의 미풍은 '아름다운 취기 하나'로, 당신의 모든 책들 또한 '한 권 책 속의 주술'로만 남아 있거늘…… 말라르메여, 말라르메여, 21세기 내 아침의 머리가 깨지는구나! 지난 세기의 미풍은 어디로 갔으며, 모든 책들의 노래는 어디에 있는가? 나는 여전히 지난 밤의, 20세기의 꿈을 사랑하고 있는가?

시(詩)

파블로 네루다

그러니까 그 나이였어…… 시가
나를 찾아왔어. 몰라, 그게 어디서 왔는지,
모르겠어, 겨울에서인지 강에서인지.
언제 어떻게 왔는지 모르겠어,
아냐, 그건 목소리가 아니었고, 말도
아니었으며, 침묵도 아니었어,
하여간 어떤 길거리에서 나를 부르더군,
밤의 가지에서,
갑자기 다른 것들로부터,
격렬한 불 속에서 불렀어,
또는 혼자 돌아오는데,
그렇게, 얼굴 없이
그건 나를 건드리더군.

나는 뭐라고 해야 할지 몰랐어, 내 입은
이름들을 도무지

Poesia

PABLO NERUDA

Y fue a esa edad... Llegó la poesía
a buscarme. No sé, no sé de dónde
salió, de invierno o río.
No sé cómo ni cuándo,
no, no eran voces, no eran
palabras, ni silencio,
pero desde una calle me llamaba,
desde las ramas de la noche,
de pronto entre los otros,
entre fuegos violentos
o regresando solo,
allí estaba sin rostro
y me tocaba.

Yo no sabía qué decir, mi boca
no sabía

대지 못했고,

눈은 멀었어.

내 영혼 속에서 뭔가 두드렸어,

열(熱)이나 잃어버린 날개,

그리고 나 나름대로 해 보았어,

그 불을

해독하며,

나는 어렴풋한 첫 줄을 썼어

어렴풋한, 뭔지 모를, 순전한

난센스,

아무것도 모르는 어떤 사람의

순수한 지혜;

그리고 문득 나는 보았어

풀리고

열린

하늘을,

nombrar,

mis ojos eran ciegos,

y algo golpeaba en mi alma,

fiebre o alas perdidas,

y me fui haciendo solo,

descifrando

aquella quemadura,

y escribí la primera línea vaga,

vaga, sin cuerpo, pura

tontería,

pura sabiduría

del que no sabe nada,

y vi de pronto

el cielo

desgranado

y abierto,

유성(流星)들을,

고동치는 논밭

구멍 뚫린 어둠,

화살과 불과 꽃들로

들쑤셔진 어둠,

소용돌이치는 밤, 우주를.

그리고 나, 이 미소(微小)한 존재는

그 큰 별들 총총한

허공에 취해,

나 자신이 그 심연의

일부임을 느꼈고,

별들과 더불어 굴렀으며,

내 심장은 바람에 풀렸어.

planetas,

plantaciones palpitantes,

la sombra perforada,

acribillada

por flechas, fuego y flores,

la noche arrolladora, el universo.

Y yo, mínimo ser,

ebrio del gran vacío

constelado,

a semejanza, a imagen

del misterio,

me sentí parte pura

del abismo,

rodé con las estrellas,

mi corazón se desató en el viento.

바다와 자전거와 섬이 있고, 사랑과 신념과 열정이 있고, 음악과 시와 시인의 삶이 있어서 좋았던 영화 「일 포스티노」. 가진 것의 전부였던 자전거 한 대 덕분에, 정치적 탄압을 피해 외딴 섬에 살게 된 파블로 네루다 시인의 전속 우편배달부가 된 가난한 청년 마리오는 이렇게 말한다. "저도 시인이 되고 싶어요!" 섬의 모든 여자들이, 무엇보다 자기가 짝사랑하는 베아트리체까지 네루다 '시인'을 좋아했기 때문이다.

"시란 쓴 사람의 것이 아니라, 그 시를 필요로 하는 사람의 것이야.", "시는 말로 설명할 수 없어, 가슴을 활짝 열고 시의 고동 소리를 들어야 해.", "해변을 거닐며 주변을 둘러보게, 그러면 메타포(은유)가 나타날 걸세." …… 이렇게 네루다는 마리오에게 시의 길을 열어 준다. 마리오는 바다를 보며, 짝사랑하는 베아트리체를 보며, 메타포를 생각한다. 메타포는 매직 같아 네루다에게서 마리오에게로, 마리오에게서 베아트리체에게로 스며들고 또 분출한다. 시처럼, 사랑처럼, 시대처럼, 삶처럼!

'네프탈리 리카르도 레예스 바소알토'라는 긴 본명을 가졌으나 체코의 시인 얀 '네루다'에게서 필명을 빌려 왔던 시인, 가난한 철도원의 아들로 태어나 공산당 대표 대통령 후보가 되었던 시인, 대부분의 남미 사람들이 그러하듯 칠레의 몸과 마음을 스페인어로 표출했던 시인, 외교관으로 망명객으로 여행자로 세계 도처를 떠돌며 자연과 사랑과 민중으로 시를 빚고 시로 세상을 바꾸고자 했던 시인, 자신의 삶을 "모든 삶으로 이루어진 삶"으로 살아 냈던 시인, 국제스탈린평화상과 노벨문학상을 둘 다 수상한 시인, 공산주의자였고 시인이었지만 공산주의 시인은 아니었던 시인, 시인이자 행동하는 지식인으로 사랑과 존경을 한 몸에 받았던 시인…… 그렇게 네루다는 20세기를 대표하는 위대한 시인이 되었다.

네루다적인 시법(詩法)을 일컫는 '네루디스모(nerudismo)'라는 말은 네루다의 시적 위상을 대변한다. 참신한 이미지가 범람하고 발견으로서의 메타포가 분출하는 정치적 선동성과 관능적 서정성, 초현실적이고 신비적인 상상력, 격정적이고 거침없는 시 형식 등이 그 특징들이다. 열정과 연대, 사랑과 혁명의 에너지가 소용돌이치는 이런 다양성의 혼연일치야말로 네루다 삶과 시의 본질이기도 하다. "나는 앞으로도 내 수중에 있는 소재, 나라는 존재를 형성하고 있는 소재로 작업할 것이다. 나는 잡식성이어서 감정, 존재, 책, 사건, 전투 등 무엇이나 삼킨다. 온 땅을 먹고 싶고, 온 바다를 마시고 싶다."라고 했던 그의 산문 한 구절은 그 자체로 네루디스모에 대한 메타포이기도 하다.

『이슬라 네그라의 추억』에 수록되었던 이 「시」는 우리에게 친숙하다. 영화 「일 포스티노」의 라스트 신을 장식한 시이자 네루다의 삶과 시를 언급할 때마다 빠지지 않는 시다. 시가 어떻게 우리에게 들고나는지를 시로 쓴 시이고, 우주의 삼라만상과 내 안의 뜨거운 가슴이 언어적 스파크를 일으키는 네루디스모를 메타포한 시이다. 우리가 시를 읽고 쓰는 까닭은 우리가 사람이라

서이고, 시가 사람을 사람이게 해서다. 그러니까, 시가, 상상과 꿈과 공감과 감동과 이해와 연대를 위한 한 알의 밀알이기 때문이다. 그러기에, 네루다 또한 "시는 어둠 속을 걸으며 인간의 심장을, 여인의 눈길을, 거리의 낯선 사람들, 해가 지는 석양 무렵이나 별이 빛나는 한밤중에 최소한 한 줄의 시를 필요로 하는 사람들과 대면해야 한다."라고 했다.

이 「시」는 우리가 매일매일 보는 '하늘'과 '유성(流星)'이, '논밭'과 '어둠'이, '밤'과 '우주'가, 우리가 매일매일 쓰는 언어에 의해 생생한 시로 변하는 순간들을 보여 준다. 네루다에게 시는 큰 '별'들이 총총한 '허공'에 취한 내 '심장'과 하나가 되는, 그러니까 별과 허공과 심장이 하나 되는 때다. 3연에서처럼 취하고 느끼고, 더불어 구르고 풀리면서 말이다. 그 별과 허공과 심장을 자유롭게 들고나는, 그러니까 생명이 가득 찬 '바람'과 같은 존재가 바로 시다. 그런 '바람'은 1연의 모르겠어, 아니었어, 불렀어, 건드렸어라는 술어의 속성과 맞닿아 있기도 하다. 대체로 '모르겠는' 게 시이고, 늘 '아닌' 게 시이고, 문득 '부르는' 게 시이고, 툭 '건드리는' 게 시이기 때문이다. 시란 애매하고 모호해서 규정하기 어려우나 늘 언어적 부름을 통해 존재의 살갗에 닿는 것이다. 쉽사리 이름 할 수 없으나 눈멀게 하는 "열(熱)이나 잃어버린 날개"와도 같은 것이기에 불에 데고 잘려 나간 그 상처들을 쉼 없이 해독하면서 쓴 첫 줄 같은 것이다. 그리고 "어렴풋한, 뭔지 모를, 순전한" 헛소리 혹은 무의미와도 같은 것이자 때

묻지 않은 순수한 지혜와도 같은 것이다. 시는 그렇게 우리를 시인으로 만든다.

그러니까, 그런 시가, 그렇게 네루다에게 찾아왔으니, 또 그렇게 내게도 찾아왔으면 하고, 당신에게도 찾아갔으면 한다. 그리하여, 티끌만 한 우리의 심장이 허공에 취한 큰 별들과 더불어 떠돌며 바람 속에 풀려났으면 한다. 그 바람 속에서, 우리의 영혼이 살아 숨 쉬었으면 한다. 그렇게 시가 우리에게 스며들고 분출하였으면 한다. 상상만으로도 벅차고 아름다운 인간적 연대이자 우주적 합일이 아닌가!

수록 작가 · 번역 시의 출처

블라디미르 블라디미로비치 마야콥스키 (1893~1930, 러시아)
「미완성의 시」, 『나는 사랑한다―마야꼬프스끼 전집: 시』, 석영중 옮김, 열린책들

존 던 (1572~1631, 영국)
「이별의 말―슬퍼하지 말기를」, 정끝별 옮김

장 니콜라 아르튀르 랭보 (1854~1891, 프랑스)
「모음」, 『지옥에서 보낸 한 철』, 김현 옮김, 민음사

세르게이 알렉산드로비치 예세닌 (1895~1925, 러시아)
「나는 첫눈 속을 거닌다」, 『예세닌 시선』, 김성일 옮김, 지만지

윌리엄 셰익스피어 (1564~1616, 영국)
「소네트 148」, 정끝별 옮김

로버트 리 프로스트 (1874~1963, 미국)
「가지 않은 길」, 정끝별 옮김

하인리히 하이네 (1797~1856, 독일)
「슐레지엔의 직조공」, 『아침저녁으로 읽기 위하여』, 김남주 옮김, 푸른숲

실비아 플라스 (1932~1963, 미국)
「거상(巨像)」, 『巨像』, 윤준 · 이현숙 옮김, 청하

이시카와 다쿠보쿠 (1886~1912, 일본)
「나를 사랑하는 노래」, 『이시카와 다쿠보쿠 시선』, 손순옥 옮김, 민음사

에밀리 엘리자베스 디킨슨 (1830~1886, 미국)
「희망은 날개 달린 것」, 정끝별 옮김

폴 엘뤼아르 (1895~1952, 프랑스)
「야간 통행금지」, 『이곳에 살기 위하여』, 오생근 옮김, 민음사

에즈라 루미스 파운드 (1885~1972, 미국)
「호수의 섬」, 정끝별 옮김
「The Lake Isle」 by Ezra Pound, from 『PERSONAE』
Copyright © 1926 by Ezra Pound
Reprinted by permission of New Directions Publishing Corp.

베르톨트 브레히트 (1898~1956, 독일)
「서정시를 읽기 힘든 시대」, 『살아남은 자의 슬픔』, 김광규 옮김, 한마당

이하 (790~816, 중국)
「진상에게 드림」, 정끝별 옮김

마울라나 잘랄 앗딘 무함마드 루미 (1207~1273, 이란)
「나는 다른 대륙에서 온 새」, 『그 안에 있는 것이 그 안에 있다』, 최준서 옮김, 하늘아래

요한 볼프강 폰 괴테 (1749~1832, 독일)
「발견」, 『괴테 시 전집』, 전영애 옮김, 민음사

헨리 워즈워스 롱펠로 (1807~1882, 미국)
「화살과 노래」, 정끝별 옮김

마쓰오 바쇼 (1644~1694, 일본)
하이쿠 4수, 『마쓰오 바쇼의 하이쿠』, 유옥희 옮김, 민음사

윌리엄 블레이크 (1757~1827, 영국)
「지옥의 격언 초(抄)」, 『천국과 지옥의 결혼』, 김종철 옮김, 민음사

기욤 아폴리네르 (1880~1918, 프랑스)
「미라보 다리」, 정끝별 옮김

딜런 말라이스 토머스 (1914~1953, 영국)
「푸른 도화선 속으로 꽃을 몰아가는 힘이」, 정끝별 옮김

자크 프레베르 (1900~1977, 프랑스)
「쓰기공책」, 정끝별 옮김

존 키츠 (1795~1821, 영국)
「가을에게」, 정끝별 옮김

도연명 (365~427, 중국)
「복사꽃 마을의 이야기와 시」, 『도연명 전집』, 이치수 역주, 문학과지성사

스테판 말라르메 (1842~1898, 프랑스)
「바다의 미풍」, 『시집』, 황현산 옮김, 문학과지성사

파블로 네루다 (1904~1973, 칠레)
「시(詩)」, 『네루다 시선』, 정현종 옮김, 민음사

우리 가슴에 꽂핀

세계의 명시 2

1판 1쇄 찍음 · 2012년 9월 21일
1판 1쇄 펴냄 · 2012년 9월 28일

지은이 · 마야콥스키 외
해 설 · 정끝별
그린이 · 정원교
발행인 · 박근섭, 박상준
편집인 · 장은수
펴낸곳 · (주)민음사

출판 등록 1966. 5. 19. 제16-490호
서울시 강남구 신사동 506번지 강남출판문화센터 5층 (우)135-887
대표전화 515-2000 / 팩시밀리 515-2007
www.minumsa.com

ISBN 978-89-374-8583-1 04810
ISBN 978-89-374-8581-7 (세트)